이어령하다

이어령하다

이어령 선생과의 마지막 대화

김아타 \ 사진·글

맥스media

이 책을

이어령 선생님 영전에

바칩니다.

김아타

2009년 10월, 미국 뉴멕시코주 산타페에 있는 조지아 오키프 미술관Georgia O'keeffe museum에서 7일간 묵었다. 산타페는 오키프가 생의 말년을 살며 그림을 그렸던 땅이다.

오키프가 매일 산책하면서 만났을 두 그루의 나무가 있는 풍경이다. 나무는 수백 년 전부터 이곳에 살며, 전쟁과 평화, 땅을 지키려는 원주민들과 땅을 취하려는 이방인들의 싸움을 지켜보았다. 사이사이, 많은 인간들이 나무를 지났다.

큰 가지, 작은 가지, 많은 가지들이 우주처럼 자유했다. 수많은 가지를 살리기 위해 땅속에서도 많은 뿌리가 대칭하고 있을 것이라 상상했다. 센 바람이 불면 우주의 오케스트라가 연주하듯 했다. 나무를 떠난 가을 잎이 하늘로 날아오르는 장면은 가히 환상적이다. 많은 상념들이 저 깊은 곳으로 갔다. 우주로 갔다.

〈이어령하다〉를 열닙니다

예술가로 살았습니다.

나를 파격했습니다. 나를 혁명했습니다.

예술가로 사는 일은 새것을 창조하는 일입니다. 파격하지 않고 새것을 창조할 수 없습니다. 혁명하지 않고 새것을 창조할 수 없습니다. 파격하고 혁명한다 해서 거창한 일 같지만, 자연스러운 일입니다. 일상에서 새로움을 창조하는 일입니다. 그 일은 상식을 깨는 파격에서 시작됩니다. 그러나 파격은 그냥 오지 않습니다. 내적인 혁명이 따라야 합니다. 그 이유는 상식에서 벗어나기에, 상처가 수반되기에 그렇습니다. 상식은 습習의 내레이션입니다. 습에 물든 몸은 본능적으로 상처받지 않으려 온갖 경우의 수를 대입합니다. 나를 지배하고 있는 모든 관념이 목숨을 걸고 맹렬하게 반대하기 때문입니다. 그래서 스스로를 혁명하지 않으면 혁명은 불가능합니다. 스스로를 혁명하는 일은 그렇게 어렵습니다. 이 또한 자연스러운 일입니다. 그래서 혁명이라 이름했습니다.

상식을 해체하는 일이 파격이고, 혁명입니다. 파격하고 혁명하는 일은 실존적입니다. 물리적 행이 따르기 때문입니다. 일찍이 임어당林語堂의 '생활의 발견'은 일상에서 진리를 발견하는 일이었습니다. 공감합니다. 하지만, 나는 세상 이치에 '진리'라는 존재를 믿지 않습니다. 세상 이치에 '참과 참 아님'이 따로 있다 믿지 않습니다. 그럼에도 '진리'가 있다면 우리는 진실로 진리에 구속될 것입니다. 일상에서 발견한 세상 이치는 당연히 일상해야 하고, 일상을 위해 존재해야 합니다. 아무리 대단하더라도 일상 밖에 있는 지혜가 무슨 소용이 있겠습니까? 임어당의 말처럼 일상에서 대단한 이치를 발견하는 그 지점을 나는 혁명이라고 믿습니다.

깨달음이라는 듣기 좋은 말은 내적 혁명이라는 목숨을 건 행위의 열매입니다. 그런데 '혁명'이라 하면 나라를 뒤집는 역사가 먼저 달려오고, '파격'이라 하면 어감이 너무 거칠어 듣는 사람을 불편하게 합니다. 그래서 이를 대신할 적당한 말을 찾으려 한참 동안 주변을 살폈지만, 내 작업에 이보다 더 가까운 말을 찾지 못했습니다. 내 필름을 거꾸로 돌려봤습니다.

내가 작가로 살면서 가장 많이 들었던 말이 있습니다. '미친놈'이었습니다. 아마도 전위적인 작업을 '미친놈'이라 거칠게 불렀겠지만, '미친놈'은 정신 줄을 놓거나 정신이 마실 나간 사람입니다. 이왕이면 '미친놈'보다는 '파격'이라는 말이 제 작업에 더 가깝습니다. '혁명'이라는 말이 더 가깝습니다. 어떻게 내가 세상을 혁명하겠습니까? 어림없습니다. 언감생심, 나에게 세상을 혁명할 용기는 없습니다. 다만, 스스로를 혁명할 의지는 차고 넘칩니다. 알몸의 인간을 자연이라는 밭에 볍씨를 뿌리듯 던져 놓은 〈해체 시리즈〉가 그렇고, 20세기 인간상을 유리 박스에 박싱Boxing했던 〈더뮤지엄 프로젝트〉가 그렇습니다. 그러나 이 프로젝트들은 동방예의지국이라 불리던 아! 대한민국의 사회상과는 정서적 거리가 있었습니다. 거기에 사건 중심의 사진, 혹은 감각 우선의 조용조용하던 한국 사진의 정서와도 거리가 있었습니다. 이런저런 이유로 '미친 놈'에 '한국 사진을 망치는 놈이다'라는 비판을 받았습니다.

'다름' 때문입니다. 2022년 지금이라 해서 크게 달라진 것은 없지만, '나와 다름'을 수용하지 못하는 일단의 문화적 양태가 중요한 이유라 생각합니다. 예술은 '다름'에서 시작되고 '다름'에서 완성됩니다. '다름'은 예술의 전부라 해도 틀리지 않습니다. 기존의 질서와 달라야 하고, 너와 내가 달라야 합니다.

모든 인간은 이미 다릅니다. 정체성도 다릅니다. 존재 이유도 다릅니다. 어차피 모두가 다릅니다. '다름'은 인간을 인간이게 하는 가장 화려하고 소중한 가치입니다. '다름'은 축복받아야 할 숭고한 가치입니다. '다름'을 축복해야 할 중요한 또 하나의 이유는 '다름'

을 존중하는 일이 나의 '다름'을 축복받는 일이어서 그렇습니다.

생경한 사진의 등장으로 한국 사진계로부터 요주의를 받았지만, 나는 내 의식의 진화를 박제하지 않았습니다. 속된 말로 죽기를 각오했습니다. 유형을 따라갈 상상은 꿈에서도 하지 않았습니다. 어찌합니까? 한 치 앞을 알 수 없는 세상사지만, 나는 오직 내 의식의 진화에 충실했습니다. "길이 아니면 가지 말라"고 훈계를 들었지만, 나는 '길 아닌 길'을 갔습니다. 누군가 먼저 지나간 길을 내가 갈 이유가 없었습니다. 자연이 그림을 그리는 〈자연하다-ON NATURE〉도 가지 않은 길이었습니다.
그렇습니다.

2007년, 인도의 델리를 촬영한 10,000컷의 사진을 포개어 쌓았습니다. 이 또한 사진사에 없던 일입니다. 델리의 거리 풍경과 건물들, 델리를 오가는 수많은 사람들, 사람보다 더 자유로운 동물들, 가능한 델리의 모든 것을 촬영한 사진들이었습니다. 10,000컷의 사진을 네 명의 아트워커가 3개월 간의 수작업으로 포개어 쌓았습니다. 10,000컷의 사진이 하나가 된 마지막 사진을 보며 나는 울었습니다.

춤을 췄습니다.
허망했습니다.
장엄했습니다.

아무것도 보이지 않았습니다. 회색의 모노톤이었습니다. 잿빛이었습니다. 지구상에서 가장 시끄러운 도시, 카오스의 대명사인 델리는 선정禪定에 들었습니다.

〈델리-10,000〉 작업을 하며 카오스에서 벗어나는 법을 터득했습니다. 어느 순간, 내가 카오스 속으로 들어가면 카오스에서 해방됩니다. 이것이 몰입의 완성입니다. 그렇게 열두 도시를 순례했습니다. 뉴욕, 도쿄, 워싱턴 DC, 로마, 파리, 프라하, 런던, 아테네, 모스크바, 베니스, 모두 21세기의 잘난 도시 열둘입니다. 걷고 또 걸었습니다. 내 의식이 하얗게 될 때까지 걸었습니다. 그 도시의 타임캡슐이라 해도 무리는 아닙니다. 그 순례 끝에 자연이 있었습니다.

자연은 자연스럽게 왔습니다.

골 깊고 아름다운 강원도 인제 원시림에 캔버스를 세웠습니다.

2년을 세워 두었습니다. 2년을 세워야 한다 정해 놓은 약속은 없었습니다. 캔버스가 감내할 수 있을 정도로 대략 했습니다. 굳이 캔버스란 사물이 자연으로 간 이유가 있습니다. 캔버스가 예술과 예술사를 받쳐준 중요한 존재라서 그렇습니다.
캔버스는 이미 예술사의 몸통이 된 지 오래되어 그렇습니다. 자연에는 우주가 생성될 때부터 캔버스를 대체할 수많은 오브제들이 제 역할을 하고 있었지만, 인류 문화사에 캔버스의 존재감은 하도 명징했습니다. 그렇습니다.

싯다르타가 붓다가 된 장소인 인도의 부다가야에도 세웠습니다. 부다가야에서 싯다르타가 붓다가 된 이유가 궁금했습니다. 부다가야에서 2년을 살았던 캔버스를 보는 순간의 충격은 컸습니다. 매우 심하게 훼손된 캔버스를 만나는 순간, 부다가야에서 싯다르타가 붓다가 된 이유를 단박에 깨달았습니다. 그 순간, 나도 잠시 붓다가 되었습니다. 뉴멕시코의 산타페, 인디언들이 살았던 땅에도 세웠습니다. 그들의 영혼이 맑은 이유를 알고 싶었습니다. 동양 사상의 발생지로 알려진 중국의 허난성 황하 강변에도 세웠습니다. 인류사의 위대한 성인과 성현의 현시는 그 이유가 있을 것이라 믿었습니다.

땅속, 바닷속, 자연하는 여러 곳에 캔버스를 세웠습니다. 군의 포 사격장에도 세웠습니다. 〈자연하다〉에서 자연의 본성과 본능을 소외시킬 수 없었습니다. 자연의 본성, 인간의 본능입니다. 군의 포 사격장에 캔버스를 세우고 포를 쏘았습니다. 포가 그린 그림입니다. 비산하는 포탄 파편에 캔버스는 산산조각이 났습니다. 인간의 힘으로는 불가능한 해체입니다. 낱낱이 해체되었습니다. 살상을 목적으로 진화한 포의 존재도 자연의 일부입니다. 본성과 본능으로부터 자유로울 인간의 역사는 없기에 그렇습니다. 갈등과 야만의 역사도 외면할 수 없는 인간의 역사입니다. 야만적인 포탄에 캔버스의 하얀 속살을 내놓은 이유가 여기에 있습니다.

자연에서 죽고 사는 일은 일상입니다. 자연을 구성하는 모든 존재의 본성은 삶과 죽음으로 대별됩니다. 죽지 않고 살 수 없는 곳이 자연입니다. 잠시 살아서 죽고, 죽어서 영원히 사는 곳이 인간의 자연입니다. 자연에서 인간의 본성과 본능을 외면하는 것은 자연을 모독하는 일입니다. 이것이 〈자연하다〉의 실상입니다. 그런데 기존의 회화사에 충실한 일단의 무리로부터 감당하기 힘든 경고를 받았습니다. 〈자연하다〉를 한국에서 전시하면 한국 미술판에서 추방하겠다는 경고였습니다. 〈자연하다〉가 미술사에 혁명한다는 이유였습니다. 테러한다는 이유였습니다. 힘든 시간이었습니다.

그 좌표에서 이어령 선생을 만났습니다. 많은 사람들은 선생을 지성의 상징으로 말합니다. 나는 창조적 인간 이어령에 초점합니다. 파격하지 않고, 혁명하지 않고, 창조적 인간이 될 수 없기에 그렇습니다. 우상을 파괴하고, 신라의 풍류를 소외시킨 선생의 청년이 그렇습니다. 아날로그와 디지털의 융합을 생명자본주의로 승화시킨 선생의 노년이 그렇습니다. "빅 데이터가 생명이다"라는 선생의 통찰은 AI 시대의 화룡점정입니다. 혁명적인 통찰입니다. 통쾌합니다.
더 대단한 일이 있습니다. 선생은 무리 밖에 있는 사람을 외면하지 않았습니다.

"신의 영역에 도전하고 계시다."

〈자연하다〉에 대한 선생의 긍정은 구원의 메시지 이상입니다. 선생을 무한 존경하는 이유입니다. 내 모든 것을 털어 내어 선생을 경외하더라도 선생의 자연에 비하면 세발의 피에도 미치지 못합니다. 선생의 덕담은 내 생명이기 때문입니다.

잠시 7년, 길게 수십억 년을 만났습니다. 이어령 선생과의 연입니다. 인과 연이 어떻게 당대로 완성되겠습니까? 연의 시작은 인간의 수로 매듭할 수 없습니다. 우주의 나이에 비하면 한 점 바람 같은 인간의 시간이지만, 연의 시작은 우주보다 더 멀리 닿아 있습니다. 내가 만난 모든 사물과의 연이 그렇습니다. 옷깃 한 번 스친 연이 그렇습니다. 눈길 한 번 스친 연이 그렇습니다. 아름다운 연, 슬픈 연, 선한 연, 악연, 모든 연이 그렇습니다. 연은 피 나눔입니다. 수혈입니다. 수혈은 생명입니다. 수혈하는 일은 이 생명 저 생명, 이 사연 저 사연을 가리지 않습니다. 그것이 구원입니다.

선생을 만났습니다. 절절했습니다. 봄 속에 겨울합니다. 겨울 속에 가을합니다. 선생은 가셨지만, 연은 여전합니다. 선생과의 연은 내 의식 속에 살아 있습니다. 내 의식은 내 의지 속에 살아 있습니다. 오늘도 선생께 편지를 씁니다. 존경하는 이어령 선생님!

김 아 타

차/례

〈이어령하다〉를 엽니다 · p8

1부 · p20 대화하다

2부 · p44 편지하다

3부 · p112 아르테논하다

4부 · p150 얼굴하다

5부 · p206 실존하다

책을 여밉니다 · p228

1부

대화하다

내 마지막 모습을 찍으세요

●

마지막 수를 놓듯, 들숨 사이 날숨 사이 말을 빚던 선생께서 당신을 사진하라 했다.

선생도, 나도, 침묵했다.

선생을 만난 지 7년, 선생은 언제나 당당했다.
한순간도 흐트러지지 않았다.
오케스트라를 지휘하듯, 우주를 지휘하듯, 때로는 온화하고 때로는 격정적으로 당신을 통제했다.

이제, 초월했다.
겁劫의 시간이 흘렀다.

선생의 말을 받았다.

"그렇게 하겠습니다."

시詩가 된 인간 이어령을 사진했다. 아름다운 영혼이다.

선생은 이른 시간 동시했다. 동요했다. 시詩를 쓰고, 소설하고 희곡하고 평론했다. 평생을 인문의 정점에서 만다라보다 더 화려하고 섬세한 언어로 동서양을 직조했다. 그림하고 지우기를 90해를 계속했다.

이제 거푸집이 된 당신을 '사진하라' 했다.
블랙홀에 가까운 선생의 마지막 시간이다.
도배지도 걷고, 미장도 걷고, 벽돌마저 걷어낸 골조만 남은 언어적 구조가 시詩라면, 모든 인간은 결국 한 편의 시가 된다.

가장 난해하고 가장 단순한 서사, 당신은 시가 되었다.

2022년 1월 28일

선생의
마지막 초상

●

선생의 마지막 시간을 사진할 상상은 없었다. 사진은 내 마음 밖에 있었다. 오직, 선생과 마지막 대화를 하고 싶었다. 마지막 시간, 마지막 순간, 사진하는 일보다 더 절박함이 있었다.
대화였다.
선생께 묻고 싶은 것이 있었다.

상처가 있었다.
상실의 시간, 아버지와의 대화였다.

아버지의 죽음이다. 30년 전, 당신께서 마지막 시선을 거두기 3일 전, 아버지 사진을 찍었다. 앙상했다. 바싹 마른 장미 한 송이를 들었다. 한마디 말이 없었다. 그때는 알지 못했다. 질풍노도의 시절, 내 정신은 카메라 뒤에 숨어 있었다.

아버지, 당신의 마지막 초상은 필름에서 화석이 되었다. 필름 밖으로 나오지 않았다. 아무도 부르지 않았다. 그렇게 30년을 보냈다.

"내 마지막 모습을 찍으세요."

선생의 말은 초봄 아지랑이 같았다. 실바람 같았다. 나의 상상 밖에 있었던 일이다. 말하는 선생께서도, 듣는 나도, 아프지 않았다. 침묵했다. 침묵으로 답했다.
오직 믿음만 있었다.
겁劫의 시간이 지났다. 겁은 모르는 시간이다. 겁은 의식하지 않는 시간이다. 겁했다.

선생은 나를 보고, 나는 선생을 보았다. 서로 마주했다.
아름다운 영혼이다. 아름다운 시간이다.

비워 있다. 아무것도 남아 있지 않다. 그대로다.
향기가 난다. 선생의 마지막 초상이다.

눈을 감고

눈을 떴다.

Wisdom

··· 2022년 1월 28일, 이어령 선생과의 마지막 대화 ...

내 마지막 예술의 혼을 함께해 주신 고마움을 담아

●

몇 년 전 봄날,
마당 한쪽에 이랑을 치고 호박씨를 심었다. 2주일 남짓 되었을까? 떡잎에 밀려 올라오는 호박씨를 보았다. 여린 떡잎은 기도를 하듯이 두 손을 모으고 자신을 내어 준 호박씨 껍질을 밀어 올리고 있었다.

비장하고 장엄했다.

호박씨는 자신을 온전히 내어 주고 거푸집이 되어 있었다. 거푸집이 된 호박씨의 전설처럼, 육신이 빠져나간 모든 인간은 결국 거푸집이 된다. 세포 하나도 남겨 두지 않고, 완벽한 거푸집이 되어야 한다는 것을 깨달았다.

선생의 마지막 모습, 언어를 내려놓았다. 맑고 여리다. 호박씨 껍질을 밀어 올리는 여린 떡잎을 닮았다. 모든 것을 담을 수 있다. 초침이 지나는 소리, 아침에 지나간 바람 냄새, 창밖을 지나는 겨울 미소, 그 시절로 간다. 여림한다.

"내 마지막 예술의 혼을 함께해 주신 고마움을 담아"

선생께서 혼신의 힘을 다해 선생의 마지막 책, 『메멘토모리』에 자필 서명했다.
아다지오, 아다지오~~ 한없이 느린 슬로우 비디오처럼, 내가 만난 가장 오래된 춤이었다. 음악이었다.
음악을 해방시킨 존 케이지John Cage도, 춤을 자유한 머스 커닝햄Mercier Cunningham도 이르지 못했다. 음악이다. 춤이다.

선생께서 책에 서명을 하는 그 순간, 많은 것이 함께했다.
따뜻한 겨울 볕이 가득했다.

"창가에 우는 새
혹시 너냐

보고 싶어 왔느냐”

먼저 간 딸을 그리는 통절한 선생의 시가 왔다.
까치 소리가 들렸다.
우주를 압축한 듯 야무진 찻잔, 오랜 세월 당신을 받아준 소파, 여유로운 슬리퍼, 여기저기하는 책들, 부유하는 먼지, 선생과 시공時空을 공유했던 자재하는 존재들, 계량할 수 없는 선생의 우주가 춤을 추었다.

〈메멘토 모리〉를 축제하라!
〈메멘토 모리〉를 축제하라!

선생은 눈을 감고, 눈을 떴다.

나는 하얀 춤을 추었다.
선생을 축복했다. 모든 것을 축복했다.

2022년 1월 28일 오후 3시, 신시申時다.

아타 선생은
신의 영역에 도전하고 계시다

●

2015년 8월 26일,
이어령 선생께서 당시 파주 출판 단지에 있던 나의 스튜디오를 방문했다.

"눈물이 난다. 아타 선생은 신의 영역에 도전하고 계시다."

선생님은 자연이 그림을 그리는 프로젝트, 〈자연하다〉를 긍정했다. 선생의 긍정은 내가 절망처럼 붙잡고 있었던 〈자연하다〉에 생명이 되었다. 나는 "부활했다"고 『백정의 미학』에 썼다.

이틀 뒤,
나의 감사 편지에 선생의 회신이 왔다.

"충격과
어쩌면 질투에 가까운 부러움을 지니고
집에 돌아왔습니다.
뜻밖에 우리 가까운 곳에
지적 모험과 영혼의 탐험자들이 있기에
우리는 절망하다가도
한국을 잊지 못합니다."

선생께서 한참을 뒤에 서 있는 서툰 사람에게 마음을 내어 주셨다.

•

•

•

몇 년이 지났다.

아르테논하다

10년을 더 자연했다. 죽어서도 후회하지 않을 작업에 올인했다. 처음 선생을 만난 후 몇 해가 지났다.

바람이 되었다. 2020년 4월, 경기도 여주에 〈아르테논〉을 조성했다. 〈자연하다〉에 대한 선생의 긍정이 큰 용기가 되었다. 그러나, 이미 선생의 건강은 〈아르테논〉까지 나들이할 수 없는 상황이었다.

〈아르테논〉은 나의 총합이다.
신학과 미학과 철학이 함께한다.
이곳에서 선생과 대화를 하고 싶었다.
삶과 죽음,
이곳에서 존재와 실존을 해방하고 싶었다.

선생의 초상을 찍었다

●

〈아르테논〉을 방문할 수 없는 선생의 건강을 염려했다. 선생의 초상을 역사에 남기기로 했다. 〈이어령얼굴하다〉, 선생의 미수米壽 생신을 기념했다. 선생은 큰 스승이시다. 사람들은 선생을 지성의 상징으로 말하지만, 나는 창조적 인간 이어령에 초점한다. 선생은 예술 너머에 있다. 어떤 수식도 선생을 한계할 수 없다.

"아!
내가 죽음을 앞에 두고 유일한 지기를 얻은 것 같습니다."

동산에 불과한 내 자연을 보듬어 주셨다.

2020년 12월 29일

마지막
메일

●

2022년 1월 23일

"구술이라도 꼭 쓰겠습다 먼저 누워 릤다가이제서야
열어보았 니다 전화로 설명드리지요"

당신께서 워드를 할 수 없어 구술이라도 더하겠다 하셨다. 세상에 처음 소개되는 〈자연하다〉 책에 선생의 말을 부탁했다. 예술사에 처음 하는 자연이 그림을 그리는 〈자연하다〉가 세상에 소개된다. 선생의 혜안으로 길을 내어 달라 청했다.
선생께서 보내온 마지막 메일이다.

2022년 1월 28일, 김아타의 〈자연하다〉이어령 구술하다

“김아타는 자연이 그림을 그리게 하기 위해 숲에 캔버스를 설치했다. 그렇게 자연이 작품을 만들었다.

상상하기 힘든 일, 그것이 〈자연하다〉이다. 이것은 엄청난 일이다.

〈자연하다〉는 우주에 늘어놓은 빨래와 같다. 허공에 무지개와 같은 줄을 치고, 거기에 청결한 빨래를 한 것과 같은 작품이 걸린다. 무엇이 나타나겠는가? 스스로 그림을 그리지 않고 자기의 생각과 사상을 자연에, 바람에 맡기면 바람이 스쳐 지나가면서 상상할 수 없는 문양들을 만든다. 이것이 〈자연하다〉이다.

찢어지고 주름지고 겹친 그것이 시간이고, 바람이고, 우주이다. 이것이 〈자연하다〉의 철학이다. 그리고 두 번째 중요한 이유가 있다. 자연이라는 명사를 동사로 만들었다. 그것이 〈자연하다〉이다.

언어학적으로 보면 〈얼다〉에서 〈얼음〉이 나왔지, 〈얼음〉에서 〈얼다〉가 나온 게 아니다. 〈살다〉에서 〈삶〉이 나왔지, 〈삶〉에서 〈살다〉가 나오지 않았다. 행위가 먼저라는 말이다. 김아타의 모든 예술 행위는 우리들이 써 오는 그러한 액션이 아닌 명사로 응결하기 전, 에너지의 원천, 영혼의 원천을 기록했다. 용암에서 바위가 되듯이 즉, 그 바위까지도 녹아서 흘러가면서 굳어지는 과정이 있다. 그 굳어지는 과정, 그것이 김아타 〈자연하다〉의 철학이다. 명사가 되기 전에, 침묵하기 전에, 그 솔리드solid, 마치 산맥이 바다인 것처럼 바다의 절정이 산맥인 것처럼, 절정으로 향한 〈자연하다〉의 액션이, 김아타의 액션이 거기 배어 있다.

파격하고, 에너지가 폭발하는 듯하던 이전의 작업이 아니라 〈자연하다〉는 내면으로 들어가서 선적 경지에 들어간 조용한 세계, 내밀한 세계이다. 〈자연하다〉는 내면의 김아타이다."

"예수의 실존이 무엇이겠습니까?"
"지저스의 새크리파이스sacrifice는 '피'입니다."

선생의 실존은 무엇입니까?

●

"예수의 실존이 무엇이겠습니까?"

"지저스의 새크리파이스sacrifice는 '피'입니다."

선생께 실존을 물었다.
본질에 앞서는 사르트르의 '실존'은 고전이다.
선생의 '실존'은 지저스의 피다, 붓다의 피다. 마호메트의 피다, 너의 피다. 나의 피다. 존재하는 모든 것의 '실존'은 '피'로 생명한다.
선생과의 마지막 대화에서 마지막 질문을 했다.
살아남은 자인 내 가혹한 실존을 선생께 물었다.

"실존이 무엇입니까?"
"사르트르는 본질에 앞선다 했는데 선생의 실존은 무엇입니까?"

나도, 선생도 잠시 침묵했다.

선생께서 가쁜 숨을 쉬었다. 지저스의 희생은 피라 했다.

나는 지저스의 피, 붓다의 피, 마호메트의 피, 너의 피, 나의 피, 존재하는 모든 것들의 피로 받았다. 피는 본성이고 본질이다. 대단한 화두였다. 사르트르의 실존은 고전이다. 나도 60년을 더, 영락없는 실존주의자로 살았다.

본성과 본질을 떠난 실존의 정체는 없다.

멀리 있는 실존은 존재 이유가 없다.

실존을 비켜 갈 지성은 없다.

실존을 외면할 선생은 아니다.

위대한 지성의 실존은 추상이 아니다. 그 자체다.

죽음을 앞둔 위대한 사람, 이어령의 실존이다. 창조적 인간의 완성이다.

선생의 마지막 시간,

선생께 실존을 물었다.

〈In der-Welt-sein series 03〉, 1990

1990년 밤과 어둠, 블랙을 탐미했다.

8×10인치의 대형 필름에 별빛과 달빛으로 3시간을 노출했다.

작은 빛이 모여 바위가 되었다.

오래전 죽은 하이데거를 소환했다.

〈세계-내-존재〉라 이름했다.

'하이데거에 바침'이라는 부제를 달았다.

어둠의 실존에 대해 길게 사유했다.

2부

편지하다

2015년 8월 11일

존경하는 이어령 선생님,

나라에 이런저런 일들이 계속되고 있습니다.

더위마저 체면이 없는 것 같습니다. 그래도 여름이 더한 만큼 가을 맛은 더 단단해질 것이라 위로합니다.

광복 70주년, 진정한 광복의 의미와 본질을 고민합니다.

선생님의 건강을 염려하며 인사 드립니다.

김아타입니다.

뵙고 인사 드림이 예의지만, 지면으로 대신함을 용서 바랍니다. 바쁜 선생님의 일상에 누가 되지 않기를 바라는 마음 간절합니다.

오매불망, 저의 무딘 철학을 지성과 창조의 멘토이신 선생님의 혜안에 비추고 싶었습니다.

모시고 싶은 마음 오래되었지만, 길을 찾지 못하고 있었습니다. 두 달 전, 다행스럽게 전직 여성부 장관님과 몇 분의 여성 리더들이 파주를 찾았을 때, 선생님을 모셔야 한다는 중론이 있었습니다.
지기인 이주향 교수가 선생님의 파주 나들이 때 자리를 함께하고 싶어합니다. 선생님께서 불편하지 않으시면 부르겠습니다. 파주 나들이가 선생님의 귀한 시간을 축낸다면 기꺼이 선생님의 회초리를 맞겠습니다. 감사하는 마음으로 회초리를 준비하겠습니다.

부디 귀한 시간 내어 주시기 바라오며 짧은 에세이를 첨부합니다.

김아타 두 손 모음

2015년 8월 12일 오후 8:23

메일 감사합니다. 평소 선생의 명성과 독창적 작업은 벌써부터 잘 알고 있습니다. 저는 조건 없이 창조적 상상력을 갖고 일하시는 분들을 존경하고 또 힘은 없어도 뒤에서 성원해 왔습니다. 백남준, 이우환은 초기 활동 때부터 함께 일하고 동행자로서의 역할을 해 왔지요. 불편하지 않는 시간을 내어 찾아뵙도록 하겠습니다.

그리고 그 만남이 헛된 것이 아니라는 것을 믿고 있습니다. 다만 스케줄이 미리 정해진 것들이 많아 당장 달려가지 못하는 것이 유감스럽습니다.

곧 상의하여 좋은 날을 택하여 선생의 작업장을 방문토록 할 것입니다. 좋으신 분들과 합석하는 것도 저에게는 기쁜 일입니다. 곧 뵈울 날을 기대하면서 우선 몇 자 글월로 제 마음을 전합니다.

이어령 드림

2015년 8월 13일 오전 8:46

존경하는 이어령 선생님,

오늘따라 더 화려한 아침을 맞습니다.

선생님의 따뜻한 회신이 지난 밤을 그렇게 행복하게 하였습니다. 감사합니다.

사각의 픽셀이 만든 활자에서 선생님의 온유한 영성이 느껴집니다. 비로소 선생님께서 말씀하신 디지로그의 현현을 봅니다. 말로 다하지 못하는 감사함을 아껴 두겠습니다.

선생님의 파주 나들이를 기다리겠습니다.

부디 인생의 선배로서 큰 스승으로서 가르침을 주시기 바랍니다.

선생님의 건강과 가족의 건강을 위해 기도합니다.

아타 두 손 모음

눈물이 난다

●

이어령 선생께서 파주 출판 단지에 있던 나의 스튜디오를 방문했다. 중앙일보 남정호 기자와 오랜 지기인 철학하는 수원대학교 이주향 교수가 자리를 함께했다.

남정호 기자는 2006년 중앙일보 뉴욕 특파원으로 근무할 당시 뉴욕타임즈에 소개된 ICP International Center of Photography, New York 나의 개인전 리뷰를 뉴욕발로 한국에 소개했다. 그해 뉴욕타임즈는 아츠 섹션 2페이지를 할애했다. 속된 말로 대서특필했다. KBS에서는 〈젊은 그대〉란 스페셜 다큐멘터리를 방영했다. 남정호 기자는 예술에 이해가 깊은 사람으로 백남준에 대한 두 권의 책을 썼다. 이주향 선생은 소리 없는 죽비처럼 매섭지만, 이름처럼 향 맑은 사람이다.

나는 이어령 선생께서 스튜디오를 방문하기 전날 밤을 꼬박 설쳤다. 자연이 그린 그림, 〈자연하다〉에 대한 선생의 이해가 궁금했다. 절박했던 시절이다. 이어령 선생은 모든 것이 열려 있는 창조적 인간이다. 스튜디오에는 몇 점의 〈자연하다〉 작품이 걸려 있었다. 선생께서 〈자연하다〉 제작 과정을 기록한 15분짜리 다큐멘터리를 감상했다. 이 프로젝트는 다큐멘터리를 보지 않으면 작업 배경을 이해하기 어렵다. 대부분의 작업이 상식 밖에 있어 그렇다.

"눈물이 난다.
아타 선생은 신의 영역에 도전하고 계시다."

선생께서는 〈자연하다〉를 극찬했다. 수억 년을 쟁여온 내 업業이 다 녹은 듯했다. 두 시간이 바람같이 지나갔다.
선생은 공감하고 감동했다.
〈자연하다〉에 대한 선생의 공감은 나를 살게 했다. 그랬다. 선생의 공감은 나를 살게 했다. 〈자연하다〉를 마주한 여러 외국 친구들이 눈물을 흘리며 공감했지만, 나는 이어령 선생의 〈자연하다〉가 궁금했다. 그리고 위로받고 싶었다.

2015년 8월 26일

··· 〈자연하다 - ON NATURE〉
강원도 인제 원시림The deep forest in Korea
N 38°2'19" E 128°28'20" Dec 6, 2011 ~ Jan 10, 2013 ...

순례 끝에 자연이 있었다.

자연은 자연스럽게 왔다.

사계절의 변화가 뚜렷한 강원도 인제 원시림에 캔버스를 세웠다.

캔버스는 자연이 되었다. 봄 여름 가을 겨울, 두 번의 사계절을 보냈다.

선 채로 비를 맞았다. 눈에 반쯤 묻힌 채 겨울을 났다.

두 해 동안, 두 번의 장마와 여섯 번의 태풍과 마주했다.

숲의 캔버스는 비장하고, 장엄했다.

같은 곳이 없는 다름의 세계, 자연은 그림을 그렸다.

자유하고 있었다.

예술이 인간의 전유물이 아님을 깨달았다.

자연하다.

강원도 인제 숲속에 2년을 서 있었던

캔버스의 일부이다.

캔버스는

손바닥만한 크기에도

같은 흔적은 없다.

인간이 흉내낼 수 없는

다름의 절정,

자연은

다름의 다른 말이다.

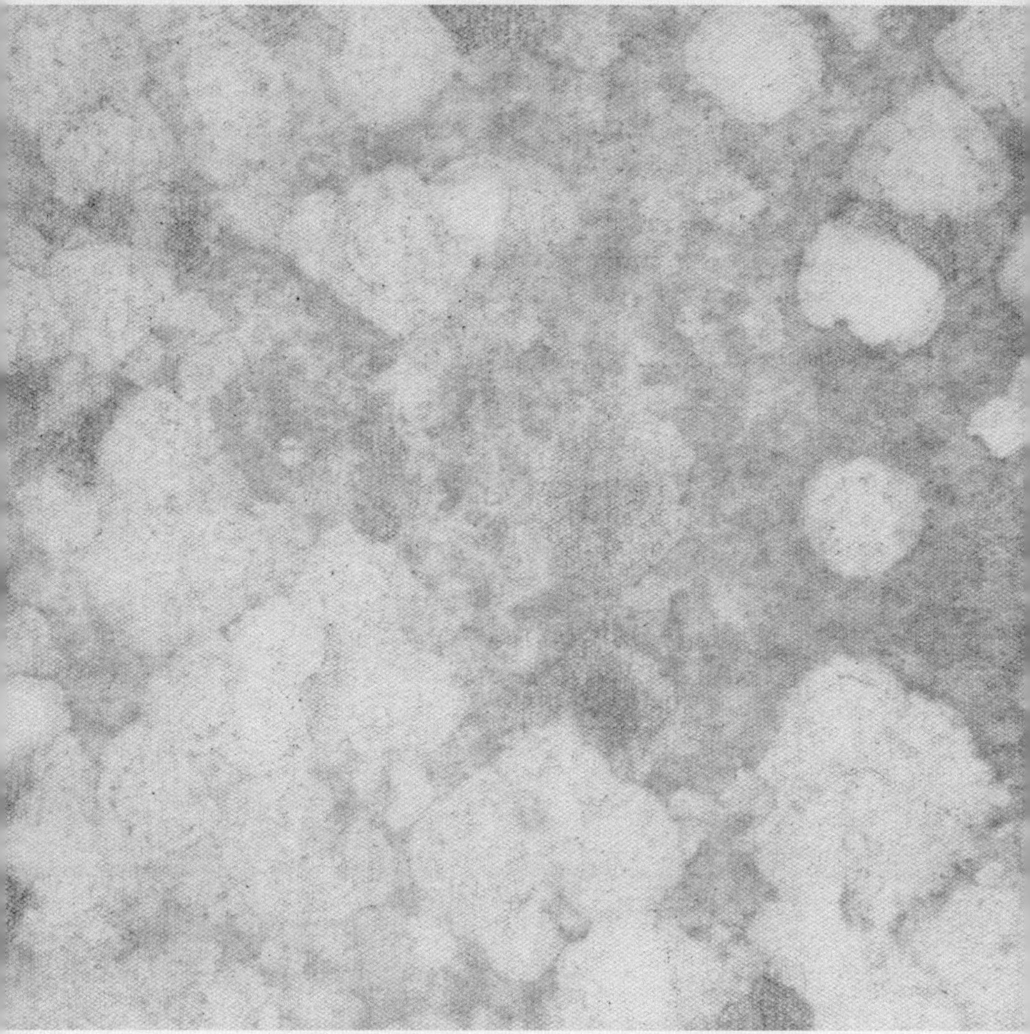

··· 〈온에어 프로젝트ON-AIR Project〉, Delhi-10,000, 2007 ...

인도의 올드 델리를 촬영한 10,000컷의 사진을 포개어 쌓았다.
델리하는 많은 것을 담았다. 건물과 거리, 수많은 사람들과 자동차와 릭샤,
동시대 델리를 사는 여러 존재를 스케치했다.
혼돈이었다. 머리 속이 하얗게 되었다.
델리는 21세기에 현존하는 도시 가운데 가장 혼돈스러운 도시이다.
카오스는 인도, 거기에 델리를 닮은 말이라 해도 틀리지 않다.
그러나, 정작 인도 사람들은 평온하다. 혼돈 속에 있어 그렇다.
나도, 혼돈 속으로 들어가면 혼돈에서 해방된다.
이 작업의 속성이 그렇다.
혼돈 속에서 델리를 만났다. 대단했다.

네 명의 아트 워커가 3개월간 수작업으로 10,000컷의
사진을 하나로 만들었다.
잿빛이 되었다. 델리는 선정禪定에 들었다.
허망해서 웃었다. 장엄해서 울었다.

델리는 나를 열두 도시로 인도했다.
뉴욕, 파리, 아테네, 런던, 로마, 도쿄, 워싱턴 DC, 베네치아, 모스크바,
프라하, 베를린, 열두 도시를 순례했다. 순례 끝에 자연이 있었다.

강원도 인제 숲속에 빈 캔버스를 세웠다.
자연은 자연스럽게 왔다.

2015년 8월 28일 오전 7:11

존경하는 이어령 선생님,

말로 다 하지 못하는 축복이 있음에 감사합니다.

지렁이가 온몸을 비틀어 흙을 정화시키듯이 한 인간의 지성과 사상이 토해 놓은 이야기를 숙성시키느라 감사 인사가 늦었습니다. 귀한 시간 주셔서 감사합니다.
말로 다하지 못하는 무지함을 용서하시기 바랍니다.
자연으로 회향한 저의 삶이 더 내려가야 할 지향점과 더 소멸시켜야 할 가치를 깨워 주셨습니다.
미물의 소리를 듣기 위해 많은 시간을 보냈습니다. 선생님의 말씀에 절대 공감합니다. 토씨 하나 버릴 것이 없는 선생님의 말씀에 축복받습니다. 감사합니다.
싸한 기운이 느껴지는 아침입니다.
선생님을 위해 기도하겠습니다.

아타 두 손 모음

2015년 8월 28일 오전 9:02

충격과 어쩌면 질투에 가까운 부러움을 지니고 집에 돌아왔습니다. 뜻밖에 우리 가까운 곳에 지적 모험과 영혼의 탐험자들이 있기에 우리는 절망하다가도 한국을 잊지 못합니다

누구도 보지 못한 자연의 손가락.
사람 그리고 도시들의 붕괴 속에서 새롭게 솟아나는 생명의 흔적들을 보면서 왜 나는 음악 연주장에 있었나 모릅니다.
이유가 있었네요.
음악회에 가면 최저음 악기인 콘트라베이스 연주자를 볼 수 있지요. 선생의 카메라가 바로 그래요. 생명과 존재의 저 바닥-저는 그것을 지렁이 울음소리라고 했지만-나는 그 소리를 듣고 온 것이지요.

사멸해가는 무수한 생명의 진눈깨비들이 제각기 그려 내

는 공기 속의 동선. 분노와 위로, 열정과 평온 당분간 그 흥분이 계속될 것입니다.
감사합니다.

* 한 가지 부탁은 남녀 합성한 얼굴 사진을 이어령 백년서재 세 번째 한국인의 얼굴에 사용할 수 없는지 여쭤보고 싶습니다. 물론 선생님 활동과 함께 이야기 도중에 삽입할 예정입니다. 이미 녹화가 끝난 다음이라 어떠할지 물어보고 가능하다면, 그리고 선생께서 허락하신다면 연락 드리겠습니다.

2015년 8월 28일 오후 1:05

이어령 선생님,

수억 년을 숙성시킨 선생님의 사상을 그대로 받아먹기에 송구스럽습니다.

바깥에 있어 폰으로 회신함을 용서하시기 바랍니다.

선생님의 서재에 기댈 수 있는 영광에 감사할 따름입니다.
어떤 이미지든 사용 가능합니다.
최정희 비서를 통하여 이미지를 보낼 수 있는 방법을 찾겠습니다.

피디의 재량에 따라 사용하지 않더라도 무관하오니 아끼지 마시고 하문해 주시기 바랍니다.
감사합니다.

아타 두 손 모음

··· 〈ON-AIR Project〉, Pablo Picasso 1569 works, 2009.
피카소 대표작 1569점을 포개어 쌓았다 …

2015년 9월 2일 오전 6:37

존경하는 이어령 선생님,

선생님께서 작업실을 다녀가신 다음 날, 미국 휴스턴에서 중요한 친구 세 명이 방문하였습니다.

15년 전, 저를 세상 밖으로 불러낸 웬디라는 휴스턴 포토페스티벌의 전 아트 디렉터와 젊은 새 디렉터가 인사차 찾아왔었습니다. 예술 가까이에서 평생을 살다가 은퇴한 노부부가 젊은 새 디렉터에게 자리를 물려주고, 마지막으로 저의 작업실을 방문하여 우리는 함께 울고 웃었습니다.

그 다음 날부터 작업실을 경기도 여주로 이사를 하였습니다. 이미 예정된 스케줄이라 남위원께서는 알고 있었지만, 선생님께 말씀을 드리지 못하고 운명에 맡겼기에, 참으로 다행스럽게도 선생님의 방문이 성사되어 큰 축복이 되었습니다.

최정희 비서에게 한국인 초상 이미지를 웹하드에서 다운

로드 하시라 정보를 주었습니다.
내친김에 〈ON-AIR Project〉의 〈자화상 시리즈〉에 대하여 몇 자 추가하는 치기를 용서해 주시기 바랍니다.

〈ON-AIR Project〉의 〈자화상 시리즈〉는 정체성에 대한 이야기이며 다름에 대한 이야기입니다.
이 작업을 할 2002년, 당시 유엔에 가입된 129개 국가 중에서 100개 나라를 우선하여 남자 각 1명씩 100명을 무차별 선정하였습니다. 100명의 인물 중에는 크리스천과 부디스트, 힌두, 이슬람 등 전 세계에 분포되어 있는 대부분의 종교와 정치적인 이데올로기를 달리하는 사람들과 흑인과 백인, 유색 인종 등 다양한 피부색을 가진 인간 유형이 있었으며 대사와 학자와 경영인, 의사, 직장인 등의 화이트칼라와 노동자를 대변하는 블루칼라와 성직자와 예술가 등 다양한 직업군이 망라되어 있습니다. 100명을 포개어 쌓은 결과는 중남미 계통의 피부색을 가진 가상의 인물로 탄생되어 개체의 이미지는 사라지고 보이지 않았습니다.
하지만, 각기 다른 종교와 정치와 피부색이 디지털이라는 프로세스를 거쳐 하나로 융합되었더라도 개인의 정체성이 사라진 것은 아니라는 생각입니다. 지구상에 현존하는 모든 인간을 포개어 쌓더라도 여전히 개인의 정체성은 사라지지 않을 것입니다. 개체는 인류가 탄생한 천지창조 이후부터 자신이 태어날 때까지의 모든 인류의 유전자를 가지고 있으며 최소한의 차별화된 수치로 개체의 정체성이 부여되는 것과 같이 개인의 정체성은 현존하는 모든 지구인을 포개어 쌓더라도 달라지지 않습니다.

개체는 유한하지만, 유전자는 유일한 존재로 영원성을 부여받는다는 생각입니다. 개체의 정체성이 존중받아야 할 대단한 이유입니다. 이는 인간 혹은 모든 동식물과 생물과 미물마저 같은 이유로 존중받아야 할 대상이라 생각합니다. 더불어 많은 종류의 유형을 포개어 쌓을수록 개체의 모난 각은 사라지고, 더 아름다운 형이 되어 가는 것을 확인할 수 있습니다. 결국 이종 교배가 우수하다는 것을 이미지로 확인할 수 있으며 디아스포라diaspora가 적은 나라인 한국이 살아남기 위한 중요한 화두이기도 합니다.

갈등과 반목, 개인과 국가 간의 전쟁의 역사가 인류사를 대변하는 것은 나와 다름의 문화를 극복하지 못한 인간의 미성숙이 가장 중요한 원인이라 생각합니다. 하여 정체성의 다름은 갈등과 증오와 배척의 원인이 아니라 존중과 감사의 결정적인 이유임을 말하고 싶었습니다. 한국인과 일본인, 중국인 그리고 티벳인을 모델로 한 것 역시 같은 이유입니다.

유일한 정체에 대한 이야기는 한 도시를 10,000 컷의 사진으로 촬영하여 하나로 포개어 쌓은 〈인달라 시리즈〉에서 만개합니다. 인드라Indra처럼 "세상 모든 것은 그물코처럼 얽혀 있다"를 말하고 싶었습니다. 10,000 컷의 사진을 하나로 포개었지만, 보이는 것은 회색의 텅 빈 공간이었습니다. 사진은 보이는 것을 증명하기 위하여 발명되었기에 존재 증명을 사진의 일차적인 존재의 이유로 보면 인달라는 그 어법에 반하는 형상입니다. 거칠게 말하면 사진 존재의 이유를 부정하는 사진적으로는 혁명적인 사건입니다만, 그런 지엽적인 이유를 내세우려고 한 것은 아닙니다.
10,000 컷의 사진을 포개어 쌓는 작업은 아날로그로는 불가능한 작업이라 디지털 프로세스가 진화하기를 기다려 개념을 정리한지 10여 년 만에 실행에 옮길 수 있었습니다.

공자가 말년에 천하를 주유하듯이, 비슷한 나이에 세계적인 메트로폴리탄 열두 개 도시를 주유하였습니다. 21세기 도시야말로 자연이 진화한 가장 완벽한 보기라 이해하였기에 도시를 타깃으로 삼았습니다. 고흐와 피카소를 비롯한 역사에 남은 예술가들의 모든 작품들을 각각 포개어 쌓은 것은 덤입니다.
개념은 지혜와 같아서 5년이고 10년이고 화두를 해체해 가면 언젠가 손에 잡히게 됩니다. 그것을 해체해 가는 재미로 평생을 예술가로 살아갑니다. 지혜라는 그릇을 만드는 과정은 어렵지만, 그 이후는 무엇이든지 퍼 담으면 새로운 꼴이 생기게 됩니다. 새로움입니다. 하지만, 이것은 또 버리고 해체해야 할 화두가 됩니다.

지렁이의 존재 이유에 대한 선생님의 말씀은 참으로 절절하고 대단한 은유였습니다.
오직 빨라야 하고, 그래야 살아남을 수 있었던 반세기를 지나면서 문화마저 빠르고 자극적인 화면에 익숙해 있던 한국인에게 지렁이의 위치에서 성찰할 기회를 주었습니다.
선생님께서 하셔야 할 일을 하셨습니다. 많은 한국인들이

이제부터라도 늦게 가는 것을 부족하다고 인식하지 않을 것입니다. 성찰하기가 멀리 있다고 생각하지 않을 것입니다. 선생님의 서재를 만나면서 정신없이 앞만 보고 달려온 아! 대한민국의 미래가 달라질 것이라 확신합니다. 와우 아파트와 성수대교가 붕괴되었듯이 성찰 없는 속도는 멀리 가지 못하기에 그렇습니다. 가장 잘 사는 길이 성찰에 있음을 지렁이가 온몸으로 대변하였습니다.
저의 지질하고 조심스러운 첨언을 용서해 주시기 바랍니다.

무서운 자연의 법은 인간을 간사하게 만드는 것 같습니다.
별이 싫지가 않습니다.
선생님의 건강과 모두의 건강을 위하여 기도하겠습니다.

아타 두 손 모음

··· 〈자연하다 - ON NATURE〉
인도 부다가야 마하보디 대사원 Mahabodhi Temple Buddha Gaya in INDIA,
N 24°41´42˝, E 84° 59´33 Oct 9, 2010 ~ Jul 5, 2012 …

부다가야BuddhaGaya,

이곳에서 싯다르타는 붓다가 되었다.
이유를 알고 싶었다.
싯다르타가 매일 기도하고 명상을 하던 그 자리에 캔버스를 세웠다.
부다가야에 캔버스가 서야 할 가까운 이유이다.
〈자연하다〉를 극찬한 마하보디 대사원 주지스님께서 직접 땅을 팠다.
스님은 붓다를 만나듯 두 손을 모았다.

룸비니Lumbini는 싯다르타의 고향이다.
부다가야는 붓다의 고향이다.
둘은 같으면서 다르다.

장 좌 불 와, 눕지도 앉지도 않았다. 잠들지 않았다.
2년을 선 채로 깨어 있었다.

부다가야에서 2년을 보낸 캔버스를 다시 만난 충격은 컸다.
싯다르타가 붓다가 된 이유이다.
붓다는 큰 상처의 다른 말이다.

부다가야는 힘든 땅이다.
비로소
모든 것이 붓다였다.

나를 가진 채, 세상을 얻을 수 없다.
온몸을 버렸다. 온 우주를 얻었다.

붓다가 되었다.

2015년 9월 19일 오전 9:31

존경하는 이어령 선생님,

아름다운 아침입니다.

선생님의 건강을 염려하오며 문안 인사 드립니다. 미처 챙겨 드리지 못한 아쉬움을 글로 전하오니 부디 버리지 마시길 바랍니다.

〈ON NATURE〉를 말합니다.

자연이 그리는 그림, 〈ON NATURE〉는 본성本性으로 회향하는 저의 철학의 근간입니다. 인간과 자연의 본성이 어디에 있는지, 어떻게 생겼는지 보고 싶었습니다. 오직 인내하고, 고독하고, 사유하였습니다. 기적처럼 선생님을 만났습니다.

선생님께 소개할 것이 있었습니다.

어머니의 기도입니다.

물의 마음과 물의 정신에 관한 이야기입니다.
깨끗한 물을 담은 1,000개의 하얀 사기그릇, '1,000개의 물'입니다. 전쟁과 테러와 기아와 갈등과 반목의 역사로 희생된 인류와 미물을 포함한 존재하는 모든 것들에 대한 기도와 성찰의 의식입니다. '1,000개의 물'은 〈ON NATURE〉가 세상 속으로 나갈 때 동반할 것입니다.

어머니는 기도하였습니다.
미명의 시간, 작은 교자상에 물을 담은 그릇 하나에
한 개의 촛불을 밝혔습니다. 촛불은 쪽진 어머니를 어둠에서 도려내고, 하얀 물이 되었습니다.

예닐곱 살 무렵의 이른 새벽, 우연히 만난 어머니의 기도하는 모습은 어제 일처럼 생생합니다. 어슴푸레한 장독대 옆에서 어머니는 죄인처럼 손을 비볐습니다. 영문도 모른 채, 어머니 옆에 앉아 따라 했습니다. 어머니의 기도가 당신과 당신의 가족만을 위한 일이었겠습니까? 오십이 더 지날 무렵, 납덩이 같이 무거운 화두가 되어 있었습니다. 무엇이 어머니로 하여금 평생을 하루같이 빌고, 또 빌게 하였습니까?

마음은 소프트웨어와 같고, 정신은 하드웨어와 같습니다. 마음은 비우면 편안해지지만, 정신은 비울 수 없습니다.

물의 마음은 서정입니다.
꽃잎에 묻은 한 방울의 물과, 비와 안개와 시냇물을 보는 마음이 그렇습니다. 환경 따라 마음은 하루에도 수만 번 바뀝니다. 마음은 인간을 병들게도 하고, 살리기도 합니다. 마음먹기에 따라 그렇습니다. 눈에 보이지 않는 마음은 인간을 죽이고 살리는 대자대비한 자연입니다.
물의 정신은 생명입니다.
미물일지라도 물은 생명의 시원입니다.
목이 말라 죽어 가는 사람을 살리는 것은 한 그릇의 물이듯이 생명의 시작은 한 그릇의 물이라 생각합니다. 미명의 시간, 한 그릇의 물과 한 개의 촛불을 밝힌 어머니의 기도는 세상에서 가장 아름답고, 성스러운 의식이었습니다.

평생을 아티스트로 살아오면서 풀리지 않은 의문 하나가

있었습니다. 아티스트로 사는 길은 늘 상식 밖에서 깨어 있어야 합니다. 그러기 위해서는 사회로부터 적극적인 도망자가 되어야 합니다. 새로움은 상식 밖에 있기에 그렇습니다.

예술 행위는 세상의 이치를 깨닫기 위한 방편임에 틀림없습니다. 수행자와 다르지 않습니다. 장인이 쇠를 두드려 연금을 하거나 농부가 흙을 갈아 농사를 지으면서 세상 이치를 터득해 가는 과정과 같습니다.

하지만, 여전히 의문은 남아 있습니다. 우리는 그림을 그리고, 수행을 하고, 쇠를 두드리고, 흙을 갈고, 깨달음을 얻기 위하여 이 세상에 왔습니까? 자식을 생산하기 위하여 왔습니까? 빵을 해결하기 위하여 이 세상에 왔습니까?

거창한 것 같지만, 명료한 의문입니다.

이 세상에 온 이유, 존재의 이유입니다.

자연은 본성과 본능의 축제의 장입니다. 인간과 자연의 순기능과 역기능을 종축으로 하고, 진화하려는 원심력과 그 원심력을 제어하려는 구심력을 횡축으로 교차하는, 섬세한 스펙트럼이 있습니다. 인간의 능력으로 해석할 수 없는 전지전능한 자연의 섭리도 그 속에 있습니다.
봄, 여름, 가을, 겨울 사계절을 더 숙성시키는 〈ON NATURE〉의 속성은 성찰하게 합니다. 내가 서 있어야 할 공간에 나를 대신하여 서 있는 캔버스가 자연과 정밀하게 관계하는 숙성 과정이 나를 성찰하게 합니다. 나 또한 곰팡이가 아니고, 무엇이겠습니까?
무시로 털어져 나가는 업業 부스러기를 봅니다.
눈물이 납니다. 웃음이 납니다.
60년을 돌아 〈ON NATURE〉라고 부릅니다.
본성으로 회향합니다.
색즉시색色卽是色입니다. 물이 물임을, 비가 비임을, 산이 산임을, 구름이 구름임을 답합니다.
그대로입니다.

본성으로 회향하는 길목에서 포탄 파편에 처참하게 찢어진 천 조각을 수습합니다. 날줄과 씨줄을 직조해야 완성되는 천은 인간의 역사와 닮았습니다. 혹자는 살상을 목적으로 하는 대포의 서정이 자연의 서정에 반하는 것이라 부담스러워 하지만, 인간 등정의 발자취도 자연의 일부입니다. 본성과 본능으로부터 자유로울 인간의 역사는 없기에 그렇습니다. 야만적인 폭력으로 진화한 대포를 무지막지하게 퍼부은 이유가 여기에 있습니다. 썩은 물이 생명은 될 수 없지만, 배를 띄우는 부력은 될 수 있습니다. 갈등과 폭력의 역사도 외면할 수 없는 인간의 역사이기에 그렇습니다. 여기와 저기, 숲속과 땅속과 바다 속 자연이 캔버스와 관계하는 것과 포탄이 캔버스와 관계하는 것이 어찌 다르겠습니까? 하얀 캔버스에 남은 흔적은 본성과 본능의 민얼굴입니다.
이제, 그 의문을 풀었습니다.

어머니의 기도는 본성으로 회향하는 의식이었습니다.
소박한 의식이었지만, 실로 대단한 행위였습니다.
본성은 어머니의 마음입니다. 지구의 마음입니다. 우주의 마음입니다. 명왕성까지 인간을 보내는 과학으로도 계측할 수 없는 어머니의 마음입니다.

본성을 보기 위하여 나의 전부를 보냈습니다. 한때는 본성을 찾으려는 노력이야말로 강물에 빈 붓글씨를 쓰는 것처럼 허망하다는 생각을 했습니다. 본성은 존재의 이유와 다르다는 관념 때문에 길머리를 잘못 틀었던 것입니다. 존재의 이유가 본성임을 깨닫습니다.

존경하는 선생님!
내세에서 어머니의 기도가 끝이 있겠습니까?
어머니의 기도는 인간의 역사가 계속되는 날까지 계속될 것입니다.
본성은 소멸되어서는 안 되기에 그렇습니다.
존재의 이유는 소멸되어서는 안 되기에 그렇습니다.

부디,
저의 철학이 선생님의 혜안을 어지럽히지 않기를 바라오며 선생님의 죽비를 기다리며 고개 숙입니다.

존경하는 선생님께
아타 두 손 모읍니다.

2015년 9월 21일 오후 8:11

너무도 감동적인 글이군요. 내가 이론적으로 쓰고 있는 생명의 테마에 많은 자극과 신선한 충격을 받았습니다.

어머니에 대한 글은 나도 여러 편 썼지만 그것을 네이처 아트와 관련하여 생각한 적은 없었지요.

앞으로 자주 만나 여러 이야기를 듣고 싶습니다. 길은 다르나 동행자로서의 교차점은 많을 것으로 생각됩니다.

가끔 뜻을 나눌 수 있는 분들과 함께 자리할 수 있는 기회를 만들어볼까 합니다.

우선 메일로 고맙다는 인사만 드리고

다음 기회에 더 많은 이야기 나누려고 합니다.

건강하시고 좋은 작품 계속 보여 주시길 바랍니다.

이어령 드림

··· 〈자연하다ON NATURE〉
미국 뉴멕시코 인디언 보호 구역 Native American reservation, Santa Fe, New Mexico in USA
N 36°86'66" W 106°56'22", June 23, 2010 ~ August 23, 2012 …

미국 뉴멕시코,
인디언들이 살았던 땅에 캔버스를 세웠다.
영혼이 맑은 사람들, 그들의 영혼을 만나고 싶었다.
〈자연하다〉의 간단한 이유다.

인디언이 살았던 땅, 자유하던 땅은
보호 구역이 되었다.
인디언, 그들은 풀 한 포기, 작은 돌 하나, 바람에도 생명이 있다고 한다.

"자연은 돈을 주고 살 수 없다!"
자연을 경외했다.

자연에 대한 경외감은 자연에서 왔다.
산타페에서 불과 하루가 지날 무렵,
그들의 영혼이 맑은 이유를 알게 된다.
이렇게 좋을 수가!

늑대와 함께 춤을 추고 싶다,
무시로.

인디언 보호 구역에서 2년이 지난 캔버스를 만나는 순간,
그들의 영혼을 만났다.

이럴 수가!

2015년 12월 31일 오전 7:53

"눈이야! 너는 누구니?"

"나는 소울이야. 아빠하고 밖에 나왔어."

"그런데 너는 어떻게 왔어?"

하얀 눈과 대화를 하는 손녀를 촬영했던 영상을 보면서 눈물이 났습니다.

며칠 전, 왔던 눈이 마를 때, 아들이 손녀를 데리고 마실갔다가 찍었던 영상이었습니다. 두 돌이 지난 손녀가 쪼그려 앉아서 작은 눈 뭉치와 대화하는 모습은 그대로 천사였습니다. 살아 있는 명심보감이었습니다.

존경하는 이어령 선생님!

새해 선생님의 건강과 가족 모두의 건강을 위해 기도하겠습니다.

선생님 강하셔야 합니다.

김아타 두 손 모음

2015년 12월 31일 오후 4:26

몸이 성치 않아서 병원에서 수술받고 집에서 정양 중입니다. 나야말로 한 해 동안 여러 책도 내고 방송도 했지만 모두가 검불입니다.
가끔 꿈처럼 선생의 작업실에서 보았던 낯선 생명과 자연의 흔적들이 생각납니다.

놀라운 일입니다.
함께 생각하고 숨 쉴 수 있는 사람들이 같은 세상에서 살고 있다는 것은 큰 행운입니다.
가능하면 새해에 건강이 회복되면 선생의 작업실을 찾아가 격의 없는 한담으로 시간의 바닥과 그 주름들을 엿보고 싶습니다.
다시 연락 드리겠습니다.

이어령 올림

··· 〈자연하다 ON NATURE〉
중국 티베트 라싸 Lasa Tibet in China
N29°64’81” E91°11’80” September 2, 2010 ~ November 2, 2012 …

어렵게 섰다. 오체투지를 했다.

티베트 라싸 포탈라궁 아랫마을에 2년을 서 있었다.

존재하는 모든 것은 모든 시간의 얼굴이다.

모든 시간은 다르다.

마른 것은 마른 시간의 얼굴이다.

젖은 것은 젖은 시간의 얼굴이다.

마름은 젖음을 알지 못한다. 젖음은 마름을 알지 못한다.

다름이다.

그대로 존중해야 할 이유다.

티베트는 깃발의 나라다.

하고 싶은 말이 많다.

바람에 실어 보낸다. 깃발이 터지도록,

한 달 두 달, 전생도 후생도,

티베트 한다.

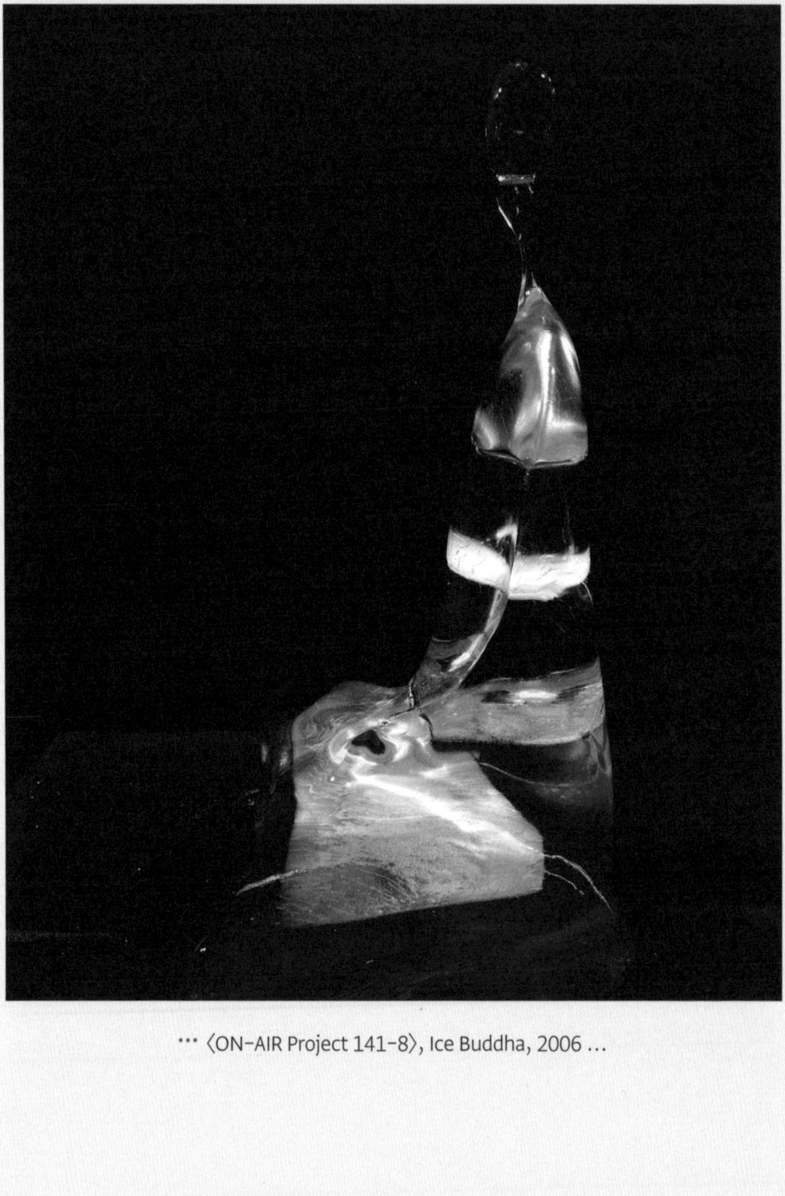

··· 〈ON-AIR Project 141-8〉, Ice Buddha, 2006 ...

붓다하다.

이유 없는 존재는 없다. 모든 존재는 이유다. 이유는 자연이다.

자연하는 의지가 수만 년을 살고 죽어 꽃이 되었다.

예술이다. 철학이다. 종교이다.

예술하고 철학하고 종교하는 일은 자연이다.

얼음으로 붓다를 조각했다.

물은 얼음이 되고 조각되어 붓다가 되었다.

형型이 상icon이 되었다.

예술이 종교가 되었다.

두 손을 모은다.

미명의 시간, 얼음으로 만든 붓다는 흔적도 없이 사라진다.

바람이 가져간다. 본래로 돌아간다.

물, 나무, 바람, 구름, 비, 생명이 된다.

얼음으로 붓다를 만들면 붓다의 현현이다.

십자가를 만들면 지저스의 현현이다.

존재하는 모든 사물은 이미 불성이다. 이미 영성이다.

모든 사물은 칼로 조각되어 향기를 낸다. 본성이다. 불성이다. 영성이다.

그러나

존재하는 모든 사물 가운데 오직 하나, 칼로 조각할 수 없는 것이 있다.

인간이다.

기도하는 이유이다. 사유하는 이유이다.

기도하고 사유하는 일은 자신을 조각하는 일이다.

향기를 내기 위해서다.

닮기 위해서다.

본래로 돌아가기 위해서다.

얼음으로 만든 붓다는 7일간의 여행을 끝내고 본래로 돌아갔다.

얼음

붓다하다.

한국 미술판에서
영원히 추방될 것이다

●

"대단하다. 감동적이다. 이게 말로만 듣던 그 작업입니까?"
자연이 그림을 그리는, 자연 드로잉 프로젝트 〈ON NATURE〉였다.
"그렇습니다."
"아타 선생, 그런데 아타 선생이 이 프로젝트를 한국에서 전시를 하는 그날부터 한국 미술판에서 영원히 추방될 것입니다."
내 귀를 의심했다.
"그게 무슨 말입니까?"
"그렇게 알고 계세요."
나는 애써 웃으며 이유를 물었지만, 그는 말하지 않았다.
그는 평생을 대학에서 미학을 가르치며 인문학을 공부했던 사람이다. 2015년 3월 12일, 당시 파주 출판 단지에 있던 나의 스튜디오에서 있었던 일이다.

나의 충격은 컸다. 그는 나의 작업을 매우 긍정했던 몇 안 되는 미술 평론가 중 한 사람이었다. 기가 찼다.

그로부터 5개월 사이, 두 미술관에서 기획되었던 전시가 공염불이 되었다. 전시 포스터까지 만들어 와서 눈물을 흘리며 간절하게 〈ON NATURE〉 전시를 요청했던 미술관이 있었다. 그녀는 미국 유학 중에 내 작업에 대한 논문을 썼다. 한국으로 돌아오자마자 그 미술관의 책임 있는 위치에 자리했다. 그녀는 절절한 내용의 손 편지를 써 왔다. 〈ON NATURE〉 전시 포스터까지 만들어 내 스튜디오를 찾아왔다. "간절히 원하면 이룰 수 있다"라는 성경 구절을 써 온 그녀의 간절한 청을 거절할 수 없었다. 미술관을 방문하여 공간을 확인하고, 전시 스케줄이 완성되었을 무렵, 한마디 이유 없이 "전시를 할 수 없습니다. 죄송합니다"가 끝이었다.
한 곳의 미술관이 더 있었다. 미술관 오너가 직접 스튜디오를 방문했다. 〈ON NATURE〉에 감동했다. 자신의 미술관에서 먼저 〈ON NATURE〉 전시를 하고 싶어 했다. 전시 경비 등 모든 절차가 완료되었다. 졸지에 "전시를 할 수 없습니다. 미안합니다," 끝이었다. 인간에 대한 최소한의 예의도, 작가에 대한 상식적 배려도 없었다.

21세기 문명 세계에 어울리지 않는 무리들의 경고가 작동하고 있었다. 비참했다.

프로젝트를 시작한 지 5년째다. 새로운 프로젝트가 세상과 소통해야 하는 이유는 예술의 존재 이유다. 아티스트가 전시를 하는 일은 세상과 소통하는 일이다. 이는 아티스트들에게는 숨을 쉬는 것과 같다. 촌스러운 말 같지만, 소통은 생명이다. 전시를 하지 않으면 시나브로 결국 소멸된다. 소통하지 못하면 유통하지 못하고 결국은 죽는다. 몸이 먼저 죽고, 정신이 따라 죽는다. 순수해야 할 예술 세계에서 무리 지어 협박하고, 숨통을 죄는 것은 폭력 이상이다. 해서는 안 될 짓이다. 그러나 아티스트가 할 수 있는 일은 많지가 않다. 오직 작업을 계속하는 일이 전부다.
죽기를 각오했다.
지독한 시절이었다.
그런 시절에, 이어령 선생께서 나의 스튜디오를 방문했다.

"신의 영역에 도전하고 계시다."

선생의 말 한마디가 나를 살게 했다. 나는 이 순간을 2019년 발

간했던 『백정의 미학』에서 "나는 부활했다"라고 썼다. 나의 의지는 더 선명해졌다.

한 발을 더 내었다. 직접 전시 공간을 조성하기로 했다. 〈아르테논〉은 그렇게 조성되었다. 미학과 신학과 철학이 함께하는 공간을 만들고 싶었다. 이곳에서 이어령 선생과 걸림 없는 대화를 하고 싶었다.

하여 삶과 죽음, 실존을 해방시키고 싶었다. 구원의 메시지를 준 선생께 감사하고 싶었다.

2020년 1월 27일 오전 11:15

존경하고 사랑하는 이어령 선생님,

선생님, 오랜만에 인사드립니다. 2015년 5월, 경기도 파주에 있던 작업실에 선생님을 모셨던 김아타입니다. 그간 경기도 여주에 작은 공간을 조성하느라 바쁜 시간을 보냈습니다. 이제 공간을 조성하고 마무리 작업을 하고 있습니다. 부디 선생님을 다시 뵐 수 있기를 갈망하면서 지난한 시간을 보냈습니다.

이틀 동안 JTBC에서 선생님의 육성을 뵙고 들으며 감동하고 축복합니다. 육신의 한계를 초월하기에 정신이 존재한다고 믿습니다. 이 또한 자연의 법이라 믿습니다. 선생님의 사상은 한민족의 귀감으로 영원할 것입니다. 부디 슬퍼하지 말아야 할 이유를 찾습니다.

선생님께서 어디에 계시든 무한 존경하고 사랑할 것입니다.

김아타 두 손 모읍니다.

2020년 1월 27일 오후 1:17

감사합니다.

저 역시 그때 받은 감동으로 찾고 있었으나 환자의 부자유한 몸으로 기회를 놓쳤지요. 꼭 만나 이 시대를 함께한 소수자로 무엇인가 흔적을 남겨두고 싶습니다. 새로 지은 작업실을 구경하고 싶네요.

따뜻해지면 연락 드리지요.
그때까지 건강이 기다려 줄지 모르지만…….

올해 또 한 번의 창조적 비약을 보여 주시기를 기대합니다.

2020년 1월 27일 오후 2:39

선생님!

회신 감사합니다.

몇 번이고 찾아뵙고 귀한 말씀 듣고 싶었지만, 선생님의 건강을 우선하는 사이에 많은 시간이 지났습니다. 죄스럽고 송구한 심정으로 올린 글에 주신 회신에 감사드립니다.

블랙마운틴은 작은 미술관입니다. 정치와 종교와 이데올로기를 초월하여 모든 사람들이 예배와 미사와 법회를 할 수 있는 세상에서 가장 소박하지만, 유니크한 미술관이 될 것입니다.

따뜻한 봄이 오고, 복사꽃이 만발할 즈음,
선생님을 모시겠습니다.
다행스럽게 복사꽃으로 둘러싸인 아름다운 곳에 터를 잡

았습니다.

저는 들숨과 날숨,

일상을 초월하는 기적은 없다고 믿습니다.

선생님의 생애 모든 일이 기적임을 믿습니다.

한 번의 들숨이 부활이 아니고 무엇이겠습니까?

선생님께서 하신 모든 말씀과 어록들이 부활이며 윤회라

믿습니다.

따뜻한 봄날,

부디 선생님을 뵐 수 있기를 기도하겠습니다.

김아타 두 손 모읍니다.

평화로운 땅을 만나다

●

2015년 12월 31일 이후, 몇 년 동안 선생께 소식을 전하지 않았다. 큰 수술을 받은 선생의 건강을 우선했다. 간절했지만, 공간을 조성하고, 선생을 초대하기로 했다. 전시 공간을 직접 만들기로 했던 것이다. 좋은 땅을 만나기 위하여 여러 곳을 다녔다. 강원도, 경기도, 충청도, 경상도, 전라도, 전국을 다녔다. 작은 땅이라도 경매가 나온 매물이 있으면 한달음했다. 자연환경을 우선할 처지가 아니었다. 공장 지대, 바다, 산, 어디라도 좋았다. 어디든 내가 가면 그곳이 명당이라 의지했다. 나는 60년을 더 살면서 땅을 우선하지 않았다. 땅은 내 관심의 대상이 아니었다. 듣기 좋은 말이 아니라 거시 경제에 무지했던 탓이다.

2006년 말, 뉴욕 ICP 국제사진센터의 개인전을 크게 다루었던 뉴욕타임즈 리뷰, KBS 스페셜을 통해 나의 예술 철학이 세상에 알려지기 시작할 무렵부터 작품이 팔리기 시작했다. 10년을 더 밀려 있던 빚을 갚을 수 있었다. 전세집에서 벗어나고, 작업 공간을 지을 여유가 생겼지만, 그렇게 하지 않았다. 나의 관심은 다른 곳에 있었다. 작업의 외연을 세계로 확대했다. 오직 내가 그려 왔던 그림을 재현하기 시작했다. 지금이라 해서 크게 달라지지 않았지만, 철들지 못한 나의 경제관이었다. 지혜롭지 못했다는 말이다.

이제 호떡집에 불 난 것처럼, 오매불망 땅만 찾았다. 그렇게 전국을 헤매고 다닌 지 몇 년 만에 평화로운 땅을 만났다. 경기도 여주시에 있는 작은 시골 마을이다. 복숭아밭으로 둘러싸인 곳이다. 100년 가까이 산 사람이 그곳을 무릉도원으로 만들어 놓았다. 감사했다. 직접 터를 고르고 건물을 조성했다. 여전히 갈 길은 남았지만, 유일한 공간을 만들고 있다. 사유와 성찰의 공간, 〈아르테논〉이다. 작은 공간이지만, 자존감은 충만하다.

선생은 〈아르테논〉을 조성한 큰 이유이다. 4년 만에 이어령 선생께 소식을 전했다. 〈아르테논〉에서 선생과 속 깊은 대화를 하고 싶었다.

2020년 4월 2일 오전 6:47

존경하는 이어령 선생님,

선생님! 밤새 봄비가 내렸습니다.

제가 지은 집은 샌드위치 판넬에 천정을 하지 않아서 집 전체가 그대로 울림통이 됩니다. 작은 비는 작게, 큰 비는 크게 그대로 공명을 합니다.
화려한 봄마저 천대받게 하는 코로나 시대지만, 이 비가 온갖 생명을 풍성하게 할 것이라는 자연의 질서에 위로를 받습니다.

선생님!
코로나가 인류에게 큰 고통을 주고 인류는 값비싼 대가를 치르겠지만. 오롯이 부정적인 것만은 아니라는 자위를 해 봅니다.
철들지 못하고 오만불손했던 인간들에게 경종을 주고 사유하고 성찰할 수 있는 훌륭한 기회가 될 것입니다. 만일

이번 기회에 성찰하지 못하면 인류는 영원히 미숙아로 남을 것입니다.

선생님! 〈블랙마운틴〉을 완성했습니다. 여타 미술관에 비하면 조족지혈이지만, 세상에서 유일한 공간이 될 것임을 자부합니다. 그 이유는 제가 할 수 있는 모든 것을 다 했기 때문입니다.
오직 공간을 마련하기 위하여 소쩍새도 울고, 까치도 부엉이도 참새도 울고, 개나리도 벚꽃도 진달래도 할미꽃도 봄부터 가을까지, 가을부터 봄까지 울었습니다. 몇 년을 그렇게 '쎄가 만발로 빠지게' 공간을 조성했습니다. ㅎㅎㅎ
이제 여한이 없습니다.

오는 4월 25일, 복사꽃이 만발할 때, 가까운 지인 몇 분을 초대하여 소박한 오픈 세리머니를 합니다. 미술관이 복사꽃밭으로 둘러싸여 있습니다.
감히 선생님을 초대하고 싶지만, 선생님께 누를 끼치고 싶지 않아서 마음으로 축하를 해 주세요.
선생님의 축하를 받고 싶습니다. 야만의 시대, 잔인한 계절이 가고 나면 아픈 만큼 세상 문이 더 크게 열리리라 믿습니다. 하시라도 선생님을 기다릴 것입니다.

그리고 선생님의 사상이 선생님을 이겨낼 것이라 믿습니다.

첨부한 〈자연하다〉는 저의 모든 것입니다.

봄볕이 창을 넘을 때

스쳐가시기 바랍니다.

아타 두 손 모음

··· 아르테논Art+Parthenon 전경 ...

2020년 12월 11일 오후 3:14

존경하는 이어령 선생님,
참으로 난감하고 삭막한 2020년이 저물어 갑니다.
선생님께서 건강하시기를 기도하며 인사드립니다.

작은 미술관 〈아르테논Art+Parthenon〉을 조성하였습니다. 아르테논은 예술과 철학과 종교가 삼위일체를 이루는 사유의 공간입니다. 정치와 종교와 이데올로기로부터 걸림이 없이 기도하고, 사유하고, 명상할 수 있습니다.

아르테논은 오롯이 저 개인의 의지로 조성하였습니다. 아르테논에 선생님을 초대하고 싶은 마음을 가눌 수 없지만, 선생님의 근황을 알지 못하기에 안타까움만 가득합니다.

선생님께서 허락하신다면, 제가 선생님 계신 곳을 방문하여 선생님의 초상을 촬영하고 싶습니다.

30년 전, 인간문화재를 다큐멘트하였던 방법대로 촬영을 할 것입니다. 언제든지 가능한 시간대에 찾아뵐 것이며 30분 정도가 소요될 것입니다. 100분의 무형 문화재 분들 가운데 김소희 선생님, 김수악 선생님, 김금화 선생님, 만봉 스님의 사진을 첨부하오니 살펴 주시기 바랍니다.

부디, 긍정적인 회신을 기다립니다.

김아타 드림

이어령
얼굴하다

●

내가 조성한 아르테논에 이어령 선생을 초대하고 싶었지만, 이미 선생의 건강은 아르테논까지 나들이할 수 없는 상태였다. 가능한 빠른 시간 안에 건축을 완성하기 위하여 하루에 십 년을 살 듯 노심초사하였지만, 그렇게 몇 년이 흐른 사이 선생의 건강은 악화되었다. 언론에서는 연일 선생의 마지막 시간을 예고하는 인터뷰 기사가 계속됐다.

4년 만에 선생께 편지를 썼다.

이곳까지 나들이할 수 없다는 회신을 받았다.

아르테논에서 선생께 꼭 보여 주고 싶은 것이 있었다.

자존이다. 나의 실존이다. 나의 철학이다.

생명을 담보했던 나의 모든 것이었다.

말과 글로 소통할 수 있는 것이 아니었다.

아르테논의 정체였다.

아르테논만이 가진 정체가 있다. 절망의 시간, 나를 부활하게 했던 선생께 감사할 다른 법을 찾지 못했다.

그러나, 결국 선생은 초대하지 못하였다.

안타까운 마음이 하늘을 덮었다. 몸이 허락하지 않아 나들이할 수 없는 선생을 힘들게 하는 것은 나의 자연이 아니었다. 대신, 선생의 초상을 역사에 남기기로 했다.

10년 만에 카메라를 다시 세웠다.

당장에 미국에 필름을 주문했다.

3부

아르테논하다

··· 〈Deconstruction Series 048〉, 1991 ...

〈해체 시리즈Deconstruction Series〉

"자유는 스스로 자유라 말하지 않는다."

인간이란 관념 덩어리를 자연이란 밭에 볍씨를 뿌리듯 했다.
인간을 미물의 위치로 내려 보내는 일이다.

어머니는 "천정이 하얗게 될 때 네가 이 세상에 왔다"라고 했다. 천정이 하얗게 될 때 내가 이 세상에 왔다는 어머니의 말은 오랜 시간 큰 화두가 되었다. 위대한 창조, 어머니는 순수마저 해체한 위대한 창조주였다.

진화하는 무한궤도의 원심력을 제어하는 일이 해체의 시작이다.
나의 해체는 논리적이고 이성적인 데리다 식의 해체와 거리가 있다.

그해 겨울 아침, 경북 울진 칠포 해변가, 살얼음이 얼어 있는 겨울 무논에 여럿했다.

"자유는 스스로 자유라 말하지 않는다."
〈해체 시리즈〉가 나에게 했던 말이다.

··· 〈더뮤지엄 프로젝트The Museum Project 030〉, 1997 ···

산세가 아름다운 부산 금정산 중턱 소나무 숲에 인간 탑을 쌓았다. 모델을 자청했던 사람이 폐소 공포증이 있어 그 사람의 똥이 그를 대신했다. 1997년 이른 봄날 아침이었다. 모든 것을 열어 놓고 나를 혁명하던 시절이었다. 이 작품은 2010년 프랑스의 LOREAL FOUNDATION에서 오랜 시간 공들여 기획한 10만 년의 인류 역사에서 아름다운 장면을 집대성한 〈100,000 Years of Beauty〉 전집에 수록되었다.

〈더뮤지엄 프로젝트〉는 나의 사유와 실존의 집이다. 〈더뮤지엄 프로젝트〉는 해체 작업이 준 축복이었다. 내가 실존의 정체를 만날 수 있었던 것은 나를 미물의 위치로 내려보낸 해체적 관점이었다. 미물을 포함한 존재하는 모든 사물은 이미 유물적 가치가 있다는 인식이 가득했다. 내가 먼저 유리 박스에 들어갔다. 내가 만난 모든 것을 유리 박스에 넣기 시작했다. 1994년이 고개를 넘을 무렵이다. 유리 박스는 시간을 박제하는 포르말린이며 현재를 과거로 가게 하는 타임머신이다. 유리 박스에 들어가는 순간, 모든 오브제의 현재는 과거가 된다. 헤게모니는 무장 해제되고 대신 영원성을 부여받는다. 박물관이 '죽어서 영원히 사는 곳'이라면 나의 사적인 박물관은 '살아 있는 것을 영원히 살게 하는 사유의 공간'이다.

모든 존재는 모든 것이다. 더뮤지엄이다.

2020년 12월 12일 오후 4:17

축하드립니다.

혼자 힘으로 나라도 못하는 일을 해내셨군요.

힘없는 사람이지만 무엇이든 돕겠습니다. 하지만 제 건강 상태가 좋지 않아 방문 일정을 보내 주시면 그에 맞춰 준비하겠습니다.

이발소도 가지 못하고 몸도 수척하여 사람 앞에 나설 형편이 아니라서 걱정도 되네요.

우선 궁금해하실까 염려되어 답신 드립니다.

이어령 올림

2020년 12월 13일 오후 12:06

존경하는 이어령 선생님,

여러 가지 불편하실 텐데 버리지 않고, 내려 주신 따뜻한 격려의 말씀 감사합니다.

다시 선생님을 뵐 수 있는 기회를 주심에 감사합니다. 자연이 그림을 그리는 〈자연하다–ON NATURE〉 글로벌 프로젝트를 시작한 지 10년이 지났습니다.

카메라를 놓은 지 10년이 지났지만, 선생님의 초상을 역사에 남기지 않는 것은 제 예술 인생의 절반을 유기하는 것과 같습니다. 하여 수십 번을 더 조심하며 선생님께 청을 드렸습니다.

욕심 같아서는 제 인생의 모든 것의 총합인 〈아르테논〉에 초대하고 싶지만, 과하지 않겠습니다. 미국에 필름을 주문해 놓았습니다. 8×10인치 필름에 선생님의 사상을 담을 것입니다.

10여 년 만에 사용하는 대형의 카메라임에 보관 중인 필름은 사용 기한이 한참을 지나 미국에 직구를 하였습니다.

〈아르테논〉은 청정 지대지만, 혹여 하는 마음에 이미 잠정 휴관을 하여 사람은 만나지 않았습니다. 필름 도착 등등을 감안하여 모든 준비를 한 후, 스텝들을 물리고 저와 아내 두 사람만 찾아뵙겠습니다.
가능하시다면 이달 28일, 29일, 30일 중에서 오전 10시 혹은 오후 2시경, 선생님께서 편한 시간에 찾아뵙겠습니다.

선생님과 가족 모두를 위해 기도합니다.

김아타 두 손 모음

2020년 12월 13일 오후 9:50

감사합니다.

마침 29일이 저의 미수 생일입니다. 88세, 남의 이야기 같은데 그렇게 되었네요. 괜찮으시다면 내외분 모시고 바로 집 옆에 괜찮은 스테이크 하우스가 있어 점심을 함께 하려고 합니다. 다만 코로나 사태로 외식을 삼가왔는데 어떠하실지 의향 알려 주시기 바랍니다.

제가 암 투병 중으로 얼굴이 몹시 상해 있고 이발도 하지 않아 주저되긴 해도 선생님의 작품으로 남을 수 있다면 하늘이 내리신 선물로 알겠습니다.
큰 기쁨이 되겠지요.
차원이 다른 선생님의 작품은 말할 것도 없고 어떤 문인보다도 아름답고 새로운 글을 접할 때마다 큰 감동을 받아왔지요. 마음 같아서는 저희 내외가 그곳으로 찾아가 새로 꾸미신 예술 공간을 만나 보아야 하겠지만 현기증으로 차를 탈 수 없는 형편입니다.

그 안에 다시 컨펌하겠지만 우선 29일로 일정을 정하려고 합니다. 변경이 가능하오니 보내 주신 다른 날짜 가운데 더 편한 날이 있으시면 미리 알려 주시면 확정 짓겠습니다.

드리고 싶은 이야기 많지만 몸이 여의치 않아 입력하는 것도 어려워 이만 줄입니다.

이어령 올림

2020년 12월 14일 오후 2:09

존경하는 이어령 선생님,

귀한 말씀에 큰 감사드립니다. 선생님의 미수 생신*壽 生辰을 진심으로 축하드립니다.

참으로 의미 있는 시간을 함께할 수 있는 영광을 주셔서 감사합니다. 소중한 시간을 저희를 위해 배려해 주심에 감사드립니다. 선생님 말씀대로 29일로 잠정하겠습니다.
촌음이라도 선생님과 함께하고 싶은 마음이 크기에 선생님의 컨디션이 허락하시면 오찬을 함께 하고 싶습니다. 그럼에도 불구하고 혹시라도 소중한 분들께서 선생님과 미수 축하 오찬을 하고 싶다고 하시면 저희는 기쁜 마음으로 물러날 것입니다.

다사다난했던 연말, 많은 분들께서 선생님과 연을 나누고 싶어 할 것이라 상식하기에 귀한 시간을 내주신 것만으로 영광으로 새길 것입니다.

미수의 시간, 88년 그해, 파란 운동장을 가로지르던 굴렁쇠를 상상합니다. 운동장을 가로질러 지구를 거쳐 우주로 나아가는 구름의 역사는 세계사에 빛나는 창의적 쾌거였습니다. 어떤 위대한 아티스트의 상상보다 한참을 초월했습니다. 8을 누이면 무한대가 되듯이 선생님의 굴렁쇠는 이 땅의 정신으로 영원히 살아 있을 것입니다.
저는 선생님의 사상과 창의적 의지를 믿습니다. 암 이상의 존재라도 위대하게 승화시킬 것입니다.
그렇게 하셔야 합니다. 27일쯤 다시 연락 드리겠습니다.

선생님과 선생님의 가족 모두에게 신의 가호가 함께 하기를 기도합니다.

김아타 두 손 모음

2020년 12월 14일 오후 3:56

보내주신 글월 잘 읽었습니다.

그러면 29일로 확정 짓고 변동 시에는 언제고 미리 조정하면 됩니다. 저는 오래전부터 코로나로 인해 사람들을 만나지 않습니다. 미수라 해도 가족끼리 저녁 식사만 함께 하는 것으로 정했기 때문에 29일 점심은 내외분 모시고 저의 내외 4분만 함께하는 자리입니다. 시간만 내주시면 됩니다.

작업을 점심 이전이나 이후로 정하셔도 괜찮습니다.

요즘 코로나 사태만이 아니라 몸이 쇠약하여 다른 모임을 일체 중단하고 있으니 작업 시간을 자유롭게 낼 수 있을 것 같습니다.

다만 촬영을 위해서 무엇을 준비해야 하는지만 알려 주시면 될 것 같습니다.

저는 제 자신을 위한 기념관 같은 것을 남기지 않고 자료만 모아 아카이브를 영인문학관 안에 보관해 두려고 합니다.
보시면 놀랄 것입니다.
그냥 사는 집 지하에 전시실만 덜렁 차려 놓은 것뿐이고, 의지할 데 없는 작고 문인을 중심으로 제 처가 취미 삼아 연 2회 기획 전시를 할 정도입니다.
창피할 정도로 초라한 곳이라 촬영을 할 만한 공간이 갖춰져 있는지 모르겠습니다.
조건이 여의치 않으면 언제 기획을 중단하셔도 무방합니다.
따로 답신 주시지 않아도 그냥 일정 확정 지으려 하니 직전에 컨펌하는 것으로 알고 있겠습니다.

2020년 12월 25일 오후 2:18

복이 없나 봅니다.

미수연 모두 포기하고 김선생님의 예술의 힘을 빌려 영원히 간직할 초상으로 모든 것을 기념하려 했는데 평창동 일대에서 감염자가 속출하여 동내 식당 출입도 어렵게 되었습니다.

또, 오시는 것도 폐가 될 것 같아 안전이 염려돼 약속을 일단 뒤로 미루었으면 합니다. 일월 중에 상황을 보아 날짜를 잡았으면 합니다.

컨펌 부탁드립니다.

이어령 올림

2020년 12월 25일 오후 3:12

존경하는 이어령 선생님,

선생님의 메일을 잘 받았습니다.

작금의 상황을 매우 크게 우려하고 있었습니다. 소중한 분들과의 만남을 자제하신다는 선생님의 말씀도 새기고 있었습니다.

마침, 열흘 전 주문하였던 필름도 도착하여 선생님을 뵐 준비는 되어 있습니다. 선생님께서 허락하신다면 29일 오찬은 하지 않고, 선생님의 초상만 촬영하고 저희는 물러나도록 하겠습니다.

다음 기회로 미루는 것보다는 선생님의 미수 생신을 기념하는 의미가 더할 것 같습니다.

선생님의 철학과 사상에 누가 되지 않기 위하여 노심초사합니다. 만에 하나라도 선생님의 건강을 우선하여 최근 2주일 동안 일체 사람을 만나지 않았습니다.

선생님께서도 익히 알고 계실 것입니다.
프랑스 사람 앙리 까르띠에 브레송Henri Cartier-Bresson은 극적인 동작을 스냅한 것을 '결정적인 순간The Decisive Moment'이란 말로 세계 사진사의 전설이 된 사람입니다.
2004년, 97세로 생을 마감한 브레송과 동의어로 불리는 '결정적인 순간'은 브레송 이후의 작가들에게 경전처럼 회자되고 있습니다. 하지만, 저는 '결정적인 순간'이라는 말에 동의하지 않았습니다. 감각이 순간을 결정적으로 미화시킨 것이라 평가하였습니다. 일상이 '결정적決定的'으로 미화되면서 오히려 일상의 실존이 상실된다 믿습니다.

한 인간의 일생, 혹은 미물을 포함한 모든 오브제는 '생의 모든 순간이 결정적이다'라고 인식하고 있습니다. 이것이 존재하는 모든 것들의 실상이며 모든 존재에 대한 경배라 믿습니다. 어떤 특정한 순간을 '결정적인 순간'이라 이름하는 순간, 나머지 모든 일상은 조연으로 밀려나면서 일상의 진리는 빛을 잃게 될 것입니다.

볼거리가 넘쳐나는 세상에서 자극적이고 극적인 찬스가

호기심을 작동하고 시선을 붙잡는데 모종의 역할을 하는 것은 사실입니다. 극적인 거리에 박수를 치더라도 극적인 찬스가 일생을 대변하는 것은 아니라 믿습니다. 결정적인 순간이 있다면 '지금now'입니다. '지금'을 초월한 과거와 미래는 존재할 수도 없지만, 있다 한들 무슨 소용이 있겠습니까?

일생의 모든 순간, 모든 일상, 한 순간의 호흡이 결정적인 순간이 아니고 무엇이겠습니까?

'열에 하나'보다는 '무량대수無量大數 우주에서 하나의 존재'의 가치가 더 크고 화려하듯이 셀 수 없는 순간이 쌓여 완성한 생에서 순간은 이미 결정적 너머에 있을 것입니다.

일생은 모든 순간의 결정結晶이라 믿습니다.

존경하는 이어령 선생님!

어떻게 화려한 가을만 전설이겠습니까? 겨울의 전설은 봄, 여름, 가을이 흉내조차 낼 수 없는 비움의 전설이 있습니다. 침묵의 전설이 있습니다. 봄의 탄생은 여름의 태양으로 가득하고, 만산홍엽滿山紅葉의 가을은 겨울이라는 비움으로 완성될 것입니다. 비움 또한 봄을 잉태한 충만한 여백으로 완성될 것입니다. 언어가 침묵으로 완성되는 것과 같은 이치라 생각합니다.

선생님의 겨울은 세상 누구도 가늠하지 못하는 영성靈性으로 충만합니다. 이 땅의 큰 어른이신 선생님의 지금이 가장 위대하고 화려한 순간이라 믿습니다. 당신께서는 상상조차 힘든 시절이지만, 선생님의 '지금'을 존경합니다.
그럼에도 불구하고, "살기를 원하지 않으면 질병과 공범이 될 수 있다"라는, 수잔 손탁이 『은유로서의 질병』에서 했던 말을 기억합니다. 동행하며 다스리는 일과 공범이 되는 일은 다른 차원이라 믿습니다. 선생님의 의지에 심지 하나를 더하고 싶은 간절한 마음에 손탁을 불렀습니다.

한 가지 청을 드립니다. 제가 촬영할 선생님의 초상은 지금 당장 어떤 기획이나 방송 등을 염두에 둔 것은 아니지만, 언젠가는 출판이나 전시, 기타 방송 등 역사에 공개가 될 것입니다.
미리 선생님의 동의를 구합니다. 선생님께서 받아 주신다면 제가 촬영한 선생님의 초상을 프레임하여 기증을 할 것 입니다.
선생님께서 사랑하고, 많은 시간을 보낸 선생님의 공간에서 어떤 액션이나 포즈나 꾸밈없이 그대로의 선생님을 필름에 정착할 것입니다. 항상 입으시던 하얀 셔츠에 넥타이를 하시고, 양복을 입으시면 좋겠습니다.

매우 안타깝지만, 미순 생신날 선생님과 사모님과 함께 오찬 약속은 취소하고, 약 1시간 정도의 짬을 내주신다면 29일 10시쯤 찾아뵙겠습니다. 어떤 회신이든 선생님의 의견을 존중하고 우선할 것입니다.

김아타 두 손 모음

2020년 12월 26일 오후 4:56

선생께 누가 될까 염려되어 연기하자는 것이었으나, 좋으시다면 그대로 따르지요.
집에서 간단한 다과와 요기될 만한 음식은 차려 놓겠습니다.

다만 의상은 어떤 것으로 하면 좋을지 한복도 있고 보통 실내복인 카디건 같은 것도 있지요. 또 오셔서 보면 박물관 내의 실내와 작은 뜰 그리고 제 서재가 있는데 인위적으로 치지 않더라도 최소한의 준비는 – 서재를 조금 치어 치워 두는 것 – 해 두어야 할 것 같습니다.
제가 무엇을 어떻게 준비해야 할지 지시해 주시면 안사람과 상의해 보겠습니다.

저에게는 큰 영광입니다. 손탁의 『은유로서의 질병』을 읽으셨군요. 저도 몇 구절 암에 대한 것 인용한 적이 있지요.

버지니아 울프도 병에 대한 글을 남긴 것이 있는데 수많은 글들이 있어도 병에 대한 본격적인 탐구를 한 것은 아직 눈에 띄지 않네요.

내 수척해진 얼굴과 흩어진 머리와 육체가 병과 고통의 텍스트로서 남을 수 있을지 걱정입니다. 다시 월요일 리컨펌하겠습니다.

연말연시, 끝이며 시작인 경계의 시간 속에서 삭막했던 미수연을 기억할 수 있는 기회를 주신 선생께 큰절을 합니다.

이어령 합장

2020년 12월 27일 오전 8:11

존경하는 이어령 선생님!

저는 이른 새벽을 좋아합니다.

새벽은 아둔한 저에게도 날마다 부활할 수 있는 기회를 주기에 그렇습니다. 날숨이 열반이고, 들숨이 부활이고 윤회라 여기며 축복으로 받아들입니다.

나 아닌 모든 것들로부터 완성되는 미약하기 짝이 없는 나의 존재에 대한 최상의 격려와 축복을 경건하게 받습니다.

선생님 감사합니다. 선생님께서 주신 어떤 말씀도 축복으로 받습니다. 모든 염려를 내려놓겠습니다.

29일 화요일 10시쯤 도착하도록 할 것입니다.

선생님 댁에 가는 길에 성북동에 있는 나폴레옹이라는 오래된 제과점에 들러 카스텔라로 만든 작은 케이크를 사서 가겠습니다.

의상은 선생님께서 가장 많이 입으신 흰 와이셔츠에 타이를 하시고, 조끼 위에 양복 – 가능하면 짙은 감색 – 을 입으시는 것이 좋겠습니다. 장소는 선생님께서 가장 많은 시간을 보내시고 편안한 서재가 이상적일 것입니다.

모든 준비를 제가 할 것이오니 어떤 수고를 하지 마시고 그대로 두시면 좋겠습니다. 선생님과의 짧은 만남이지만, 선생님의 미수 생신을 축하하는 작은 퍼포먼스라 생각하시고 즐겁게 받아 주시면 좋겠습니다. 주소를 주시면 감사하겠습니다.

오늘도,
이어령 선생님과 강인숙 선생님께 신의 가호가 함께 하기를 기도합니다.
29일 뵙겠습니다.

김아타 두 손 모음

2020년 12월 27일 오전 8:40

이어령 선생님,

최근 선생님의 여러 자료에서 만난 사진을 첨부합니다. 양복 컬러는 그대로 하시는 것이 좋겠습니다. 타이만 세로 타입의 스트라이프 타이면 좋겠습니다. 스트라이프 타이가 없으면 사진의 타이도 좋습니다.

따로 준비를 하지 않으셔도 좋습니다. 의상에 대하여 마음 쓰시지 마시라는 의미이오니 헤아려 주시기 바랍니다.
번거롭게 하여 송구합니다.

김아타 두 손 모음

2020년 12월 28일 오후 10:27

메일 늦었습니다.

내비게이션을 사용하시면 평창동 영인문학관 치시면 됩니다. 주소는 종로구 평창동 499-3 가나아트 센터 평창동 근처라 일단 거기까지만 오셔서 010-****-0250 제 전화로 하시면 집 기사가 바로 마중 나갈 것입니다.

영인문학관과 주택이 한곳에 있기 때문에 쉽게 오실 수 있어요. 점심은 이곳에서 배달 - 직접 가기는 어려워도 스테이크 배달은 가능 - 로 시켜서 하실 수 있으니 아무 것도 사오지 마세요. 다과와 간단한 스낵은 이곳에서 준비할 수 있습니다.

방문까지 해 주시니 반갑고 고맙습니다.

기쁨으로 내일 아침 준비하고 있겠습니다.

이어령 올림

백수白壽하다

●

2020년 12월 29일 작은 퍼포먼스를 했다. 선생의 미수 생신날 점심 초대를 받았다. 밥맛이 좋은 여주 진상미 한 가마를 가져갔다. 쌀 포대를 열고 한 알의 알곡을 가져왔다.

"백百에서 한 획을 가져가겠습니다."

한 획을 뺀 99, 백수白壽하시라는 의미였다. 선생께서 그대로 받고 즐거워하셨다. 함께 웃었다. 한 개의 알곡을 유리 앰플에 담았다. 자자손손, 선생을 상징하는 식의 자양분으로 남을 것이다.

2020년 12월 31일 오전 9:19

존경하는 이어령 선생님, 강인숙 선생님,

귀가 인사가 늦었습니다. 하루를 숙성시켰습니다.

두 분 선생님의 환대에 감사드립니다. 맛있는 차와 오찬과 선생님과 함께했던 즐겁고 의미 있는 그 시간을 축복하고 감사합니다. 강인숙 선생님의 세심한 배려에 특별한 감사를 드립니다. 그리고 분에 넘치는 선물 감사합니다. 하도 오랜만에 보는 넥타이에 잠시 길을 잃기도 하였지만, 특별한 날 특별하게 타이를 하고 한껏 멋을 부릴 것입니다. 마음 같아서는 하루 종일, 아니 며칠을 함께하며 한마디의 말씀도 놓치지 않고 담고 싶었지만, 미수 생신을 맞은 두 분 선생님을 힘들게 한 것 같아서 미안함이 남아 있습니다.

그날 촬영한 선생님의 초상의 성격에 대하여 간략하게 말씀드립니다. 그날 선생님의 초상은 현대 사진으로 가장 어려운 사진에 속하게 됩니다. 포즈나 일체의 움직임을 배제한 채, 오직 대상의 내면세계를 우선하여, Contemporary Photography라 부릅니다. 제가 30년 전 한국의 인간문화재를 촬영했던 방법과 동일합니다. 보기 좋은 액션이나 포즈가 없기에 마음에 들지 않으실 수도 있습니다. 그래서 모든 사진가들은 이런 유의 사진을 촬영하지 않습니다.

세계적으로는 전설이 된 프랑스의 유젠느 아트제Eugene Atget가 있으며 한국에서는 제가 유일합니다. 모든 작가들은 우선 보기 좋은 포즈를 하게 합니다. 보들레르와 사르트르, 처칠 등 세계 유명인들을 촬영하여 유명해진 유섭 카슈Yousup Karsh는 포즈와 액션으로 연출한 대표적인 작가입니다. 그러나 작은 손동작 하나라도 있으면 우선 보기는 좋지만, 그 동작은 대상의 내면세계가 밖으로 나오는 것을 막게 됩니다.

포즈나 액션은 문학에서 형용사와 같은 역할을 합니다. 형용사가 문장을 아름답게 수식하지만, 상대적으로 본질을 해칠 수 있는 것과 같습니다. Contemporary Photography는 문학에서 시에 해당되지만, 하이쿠보다 더 짧고 난해한 형식입니다. 그래서 가장 어려운 사진이라 부르고 사진가들이 도전하지를 않습니다. 증명사진 같아 보이지만, 증명사진과 전혀 다른 차원의 사진입니다. 그러나 시간이 지날수록 내면의 정신과 철학과 사상이 샘처럼 솟는 것을 보시게 될 것입니다.

오래전의 일화를 소개하겠습니다. 1991년 4월, 일본 도쿄 긴자에 있는 니콘살롱이라는 미술관에서 저의 인간문화재 개인전을 초대받았습니다. 그 전시 오프닝 세리머니에서 원래 2시간 예정이었지만, 4시간을 넘도록 격렬한 논쟁이 있었습니다. 그 미술관의 오픈 행사에는 일본의 거의 모든 사진, 미술 평론가들이 참석을 합니다. 그날 논쟁의 주제는 '정신精神'이었습니다.

제가 전시장 입구에 A4 사이즈에 "한민족韓民族의 정신精神을 찍었다"라고 쓴 전시 안내 문구 때문이었습니다. 그날, 60명이 넘은 모든 평론가들이 이구동성으로 저에게 따졌습니다.

"사진에 어떻게 정신을 담을 수 있느냐?"

"한국에 정신이 있느냐?"

매우 원시적이고 도발적인 질문이었습니다. 물론 저는 이미 선생님의 『축소지향의 일본인』을 읽었으며 루스 베네딕트Ruth Benedict의 『국화와 칼』을 읽었습니다. 일본인들의 속성을 가늠은 하고 있었지만, 예의와 체면을 우선하는 사람들로 알려진 일본인들의 민낯을 벗어버린, 전쟁 같은 시간이 있었습니다. 저는 그 순간을 잊지 못합니다. 그것은 폭력 이상이었습니다.

그날 모든 일본인들이 죽일 듯 화를 낸 부분은 오직 '정신'이었습니다. 제가 인내하기 힘들었던 말은 "한국에도 정신이 있느냐?"였습니다. '정신이 있으면서 강점당했느냐?'는 말이었습니다.
"정신이라는 말은 일본인들만 쓸 수 있는데 어떻게 한국인이 정신이란 말을 쓰느냐?"가 그날 오프닝 세리머니의 주제가 되었습니다. 2시간을 더 인내하다가 맞아 죽을 각오를 하고 말문을 열었습니다.
"정신이 있으면서 그런 짓을 했느냐?"
"무슨 짓을 했는지 정녕 모르느냐?"
"그러고도 정신을 말하느냐?"

"저 사진에서 정신이 보이지 않느냐?"
"정신이 없으니까 정신이 보이지 않는 것이다."
"사진 속에 들어가 보아라. 그러면 정신이 보일 것이다."
노인 한 분께서 저를 안고 한참을 울었습니다.
"평생 쌓였던 한이 다 녹았다."
그분께서 하신 말씀입니다.

존경하는 이어령 선생님!
감당하기 힘든 시간이 있었습니다. 한국 사회에서 '파인 아트Fine Art'로, 거기에 '파인 아트 사진'으로 생명을 부지하는 것은 목숨을 버리지 않으면 불가능합니다. 저는 그것을 해내었습니다.
"미친놈이다."
"개천에서 용 났다."
제가 가장 많이 들었던 말입니다.
개천은 저의 홈타운이었습니다.
저는 오히려 개천이야말로 용이 될 수 있는 기회의 땅이라 생각했습니다. 부다가야에서 싯다르타가 붓다가 된 이유는 자명했습니다. 그곳은 개천보다 더한 환경이었습니다. 부다가야에서 2년을 서 있었던 저의 〈자연하다-ON NATURE〉 프로젝트의 캔버스가 그것을 증명했습니다.
저의 〈ON NATURE〉 프로젝트는 사진이 아닙니다. 자연에 빈 캔버스를 2년 동안 세워 그곳의 정체성을 묻혀 오는 프로젝트입니다. 세계 예술사에 없던 일입니다. 포 사격장의 타깃에 캔버스를 설치하여 비산하는 포탄 파편에 산산조각이 나게 한, 포가 그리는 그림도 〈자연하다-ON NATURE〉의 작업 중 하나입니다. 대포도 인간의 야만적 본성과 본능의 발로로 자연의 일부로 본 것입니다.

그 사이에 선생님의 초상을 촬영한 일은 개인적으로 매우 소중하고 의미 있는 일이었습니다.
첫 메일에서 언급하였지만, 선생님의 초상을 역사에 남기지 않는 것은 제 예술 인생의 반을 유기하는 것이라 생각했습니다. 역사에 죄를 짓는 일이라 생각했습니다. 그 모든 것을 감내한 소중한 시간이었습니다.
그날 촬영한 필름은 아직 현상 프로세스 과정이 남았지만, 선생님의 초상은 매우 잘되었습니다. 다음 주 제가 직접 현상 프로세싱을 할 것이며 현상을 마친 필름을 미국에 보내서 스캔 작업을 하게 됩니다. 돌아온 파일을 컴퓨터 수정 작업을 해서 다시 뉴욕에 보내서 프린트와 프레임 과정을 거칠 것입니다. 뉴욕에 있는 공방은 세계에서 유일한 최고의 회사입니다. 대략 한 달 반 정도의 시일이 소요될 것입니다.

코로나가 전 지구인을 시험에 들게 하였지만, 선생님의 말씀대로 creative covid로 무한 긍정하면서 기꺼이 마지막 하루를 보냅니다.
새해 더 건강하신 모습을 보여 주시기 바랍니다. 그날 한 포대의 쌀에서 제가 가져온 한 알을 영원히 보관할 것입니다. 선생님의 백百에서 한 획을 가져왔습니다. 백수白壽하시라는 큰 소망입니다.
긴 글 힘드신데 답글 보내지 마시기 바랍니다.
새해 두 분 선생님과 선생님의 가족 모두에게 큰 영광이 함께 하시기를 기도합니다.

김아타 두 손 모음

··· 〈空하다〉
ON-AIR, Prajna-Paramita Sutra般若心經 260 words, 2009
반야심경 260자를 집자해서 포개어 쌓았다 …

4부

얼굴하다

존재는 빛이다.

존재는 우주다;

여여如如한다.

태초에

빛이 있었다.

우주와 대면한다.

본래로 돌아간다.

우주는 축복이다.

2020년 12월 29일 미수米壽 생신날,

〈이어령얼굴하다〉

20년 더 긴 잠을 자던 8×10인치 카메라를 세웠다.

원시적인 카메라의 주름상자를 폈다.

아날로그적 서정은 바람이 스친 흔적도 배려한다.

모든 것을 해제하고 본질과 마주한다.

상상조차 망각한 생명 탄생으로 간다.

나 하나의 우주를 필름에 정착하기에 나를 버린다.

검은 천으로 세상을 차광한다.

산 넘고 물 건너듯 주름한다. 건너뛸 수 없다.

대차 없다. 습자지에 물 스미듯 그대로다.

검은 정장 차림에 줄무늬 넥타이를 한 이어령 선생께서

블랙홀이 된 주름상자를 런웨이한다.

우유빛 유리에 영성 꽃이 핀다.

오직 암흑, 우주처럼 깊었다.

세상을 벗고 어미母의 길로 회향한다.

무량대수 우주의 유일한 별,

이어령얼굴하다.

우주가 멸하더라도 영원한다.

2020년 12월 31일 오후 12:04

너무나 놀라운 시간들이었습니다.

까만 천으로 덮힌 의자만으로도 나는 정신이 격앙되어 들떠 있었지요. 〈오 나의 얼굴〉이라는 일인 드라마를 발표한 적이 있습니다. 지금 난타의 송승환인가 하는 실험극장 배우가 연기를 했고요. 시골에서 평생 사진관 기사를 하던 사람이 옛날 사진기들을 세워 놓고 그것들로 찍어온 사람의 얼굴에 대해 이야기를 독백 형식으로 나누는 모노드라마였지요. 그 희곡을 쓰던 내 젊은 날의 모습이 떠올라 더욱 감회가 깊었지요.

일본에서 열린 사진전에 대한 글을 읽고 많은 생각을 하게 되었습니다. 초상과 정신의 관계 그리고 일본인들을 일갈한 통쾌한 장면이 눈에 선하네요.

조선일보 김윤덕 문화부장과 통화를 하다가 김아타 아티스트가 내 초상을 만든다는 이야기를 했더니 매우 흥분하더라구요. 작품을 보고 취재하고 싶어하는 눈치였는데 제가 말렸습니다. 충분한 시간을 두고 작품이 나온 뒤에 허락을 받아 방문하라고요.

무조건 선생께서 찍어 주신 사진은 나의 공식 초상으로 정하고 영인문학관은 물론 나의 아카이브 작품으로 길이 보존할 것입니다. 공식적인 자료로 활용될 것이며 저작권을 침해하지 않도록 각별히 간수하게 될 것입니다. 그리고 제 영정사진이 될 것입니다. 그냥 사진이 아닌 내 정신을 그곳에 앉히려고 하는 것이지요. 세상에는 많은 사람들이 많은 인연으로 만나고 또 헤어집니다. 그러나 한번 만나도 영원한 만남이 있고 평생 함께해도 한순간 스쳐 지나가는 존재도 있습니다. 우연히 부인과 제 아내의 성명이 같다는 데 놀랐지요. 얼음 속의 불꽃처럼 참으로 조용함 속에 깊은 영혼을 간직하고 계신 분이라는 느낌을 받았지요. 내외분은 내 기억 속에서 영원히 간직될 존재이지요.

백남준, 이우환, 미술계에 친한 벗들이 있었지요. 유명하기 전부터 알았고 국내에 소개하는데 일익을 담당한 적도 있었고요. 그러나 그들에게 없는 치열한 정신, 혼신으로 부딪히는 열정 같은 것을 보았습니다. 당연히 상업적이고 인위적인 데가 없지요. 잡티가 없습니다.
무인도에서 10년 동안 병독의 고통 속에서 오히려 고결한 모습으로 변해가는 필록테테스Philoctetes 그리고 그가 지닌 헤라클레스의 활 – 김아타라는 예술가에서 나는 소포클레스의 잊힌 그 희곡의 영웅을 다시 봅니다. 한번 쏘면 절대로 빗나가는 법이 없는 신궁. 자신의 몸에 퍼져가는 독을 죽이기 위해 스스로 몸을 불태워 죽는 헤라클레스가 남기고 간 활을 영원히 치유할 수 없는 상처 – 독뱀에게 물린 – 와 함께 지니고 살아가는 필록테테스의 운명이 바로 예술가의 상징이었던 것이지요.

컴퓨터 입력이 어려워 오랫동안 글을 쓰지 못했는데 오늘 이렇게 긴 글을 – 저에게는 – 쓰다니, 그것도 두서없는 글을 말입니다. 편지를 읽고 감동이 전염된 탓이지요. 생각나실 때 이따금 메일 주세요.

꺼져가는 영혼에 다시 불꽃이 튑니다.

그리고 부인께도 감사하다는 인사 전해 주세요. 소홀했던 대접을 용서해 주십사하고 새해 인사도 제대로 못했습니다. 내외분 모두 새롭고 놀라운 한 해가 되시기를 빌겠습니다.

이어령 합장

2021년 1월 9일 오전 10:11

존경하는 이어령 선생님!
추운 날씨가 계속되었습니다. 선생님의 건강을 염려하오며 문안 인사 드립니다.

그사이에 선생님의 초상 필름 프로세스 작업이 마무리되었습니다. 다음 주 뉴욕 제작 공방에서 프레임 제작에 들어갈 것입니다. 아마도 구정 전후로 완성이 될 것입니다. 미리 선보이고 싶은 마음 넘치지만, 실물을 보여 드릴 때까지 아껴 두겠습니다.

〈이어령의 초상〉에 대하여 말을 더하겠습니다.
저는 선생님의 초상을 〈영성의 초상〉, 〈정신의 초상〉에서 〈이어령의 초상〉으로 이름하였습니다.
선생님의 초상은 겉이 고운 사진이 아닙니다. 외적 요소들을 걷어내고 오직 본질만을 추구하였습니다. 선생님의 지금을 그대로 드러낸 가혹하고 냉정한 작품입니다.
선생님을 뵙기 전, 구글 사이트에 있는 선생님의 모든 사진 자료를 살펴보았습니다. 가능한 선생님에 대한 모든 인터뷰를 읽었습니다. 모든 자료와 사진들은 선생님의 모든 시대를 대변한 훌륭한 자료들이었습니다.

〈디지로그 시대〉를 예견하시고 제창하신 선생님께서는 전 지구인을 통틀어 문명의 이기를 가장 선구적으로 활용하셨습니다. 〈디지로그 시대〉의 역설은 문명이 발전해야 할 이유를 실존적으로 증명하셨습니다. '생명자본'은 미래로 가는 방주에 마지막으로 선적한 인류를 위한 구원의 메시지입니다. 하여 7대의 모니터가 배경인 선생님의 초상은 상식입니다. 한국 지성의 상징이신 선생님을 장서를 배경으로 하는 것은 상식입니다.
하지만, 저는 그 상식을 배제하였습니다. 모든 관념을 배제하고, 오직 인간 이어령 선생님을 소환하였습니다. 선생님의 몸은 얇으셨지만, 영성으로 가득했습니다. 상식을 배제한 이유입니다. 영성과 사상은 눈에 보이지 않기에 정직하게 접근하였습니다.

제가 만약 10년 전에 〈선생님의 초상〉을 촬영하였으면 저도 상식적 관념에서 자유롭지 못하였을 것입니다. 예술은 보이지 않는 것을 보이게 하는 힘이 있습니다. 예술은 강력한 은유이기 때문입니다. 예술의 가치는 예술이 암시하는 의미의 스펙트럼입니다. 그 스펙트럼이 가시광선의 범위에 있을 때 관념이 작동하고, 가시광선의 범위를 벗어날 때 심상이 회향합니다.

기표記標는 눈에 보이는 현상이며, 기의記意는 눈에 보이지 않는 의미입니다. 눈에 보이는 기표, 시니피앙signifiant은 눈에 보이지 않는 기의, 시니피에signifié로 존재합니다. 있음이 없음으로 정체를 확보하는 것과 같고, 작품은 의미로 존재한다는 말이기도 합니다.

예술 혹은 존재하는 모든 것들은 눈에 보이는 기표와 눈에 보이지 않는 기의와의 상생입니다. 여기에 저의 자연관을 대입시켰습니다. 11년째 진행 중인 글로벌 프로젝트 〈자연하다–ON NATURE〉가 저를 깨닫게 하였습니다. 〈자연하다–ON NATURE〉는 인류문명의 발생지 혹은 자연에 빈 캔버스를 2년 동안 세워서 그곳의 정체성을 묻혀오는 매우 은유적으로 예술사에 없었던 프로젝트입니다.

봄, 여름, 가을, 겨울 사계절을 두 번을 더 숙성시키는 〈자연하다-ON NATURE〉의 속성이 저를 성찰하게 하였습니다. 제가 서 있어야 할 공간에 저를 대신하여 서 있는 캔버스가 자연과 관계하는 과정이 그렇습니다. 저 또한 자연에 기생寄生하는 곰팡이, 자연을 축내는 좀蠹이 아니고 무엇이겠습니까? 과연, 저는 자연에 이득이 되는 존재이겠습니까? 무시로 떨어져 나가는 업業 부스러기를 지켜보았습니다.

숲에 2년을 서 있는 하얀 캔버스가 서정적이고 은유적으로 보이지만, 실상은 모든 것을 내려놓아야 합니다. 〈자연하다-ON NATURE〉에서 생 캔버스는 자신의 죽음의 위치에서 자연의 죽음과 공명합니다. 구름이 비가 되어 생명으로 순환하는 숲의 환상도 삶과 죽음의 메들리입니다. 자연은 버리지 않고는 존재할 수 없는 완전한 교감交感, 메멘토모리mementomori 현상입니다.
〈자연하다-ON NATURE〉는 죽음을 기억하는 일입니다. 캔버스는 제 살 속 깊이 자연의 죽음을 새깁니다. 오염되었거나 그렇지 않거나, 하얀 천은 죽지 않고서는 자연과 공명할 수 없습니다.

이는 회화에서 산 채로 색을 받는 캔버스의 존재 이유와 차별됩니다. 나我의 정체가 나를 지배하고 있을 때는 타他의 정체는 한 줌도 들어올 수 없는 이치와 같습니다. 물이 가득한 그릇은 한 방울의 물도 더 채울 수 없는 이치와 같습니다. 자신의 죽음의 위치에서 자연의 죽음과 공명하는 캔버스를 보면서 대자대비大慈大悲한 법의 실체를 봅니다.

대자대비는 삶과 죽음의 대차貸借에서 실현됨을 깨달았습니다. 이 지점에서 비로소 지혜를 임계臨界하는 여여如如함을 만날 수 있었습니다. 여여함은 정신계精神界와 물질계物質界가 같다는 의미임을 깨달았습니다.

대자대비도, 여여함도, 추상이 아니라 자연 안에서 일어나는 물리적인 현상입니다. 자연이 위대한 이유입니다. 이 법 밖에서는 존재할 수 없습니다. 하얀 천이 자연과 교감하고 공명하는 것을 지켜보면서 저 또한, 지고지순하게 자신을 내려놓은 〈자연하다-ON NATURE〉의 캔버스처럼 살기를 갈망합니다. 〈이어령의 초상〉은 메멘토모리의 현현顯現입니다. 위대한 자연법의 현현입니다. 인문의 현현입니다. 결과물을 보시지 않은 상황에서도 "영정사진으로 쓸

것이다"는 김윤덕 기자의 기사를 읽었습니다.
한 획도 미사여구하지 않는 선생님께 경의를 표합니다. 저의 예술 철학에 대한 신뢰에 감사드립니다.
"뜨거운 눈물 한 방울이 절실하다."
박애를 상징하는 선생님의 눈물은 상실의 시대를 정화시킨 '생명자본'의 꽃이었습니다. 새해 아침, 상처받은 사람들을 위로하는 생명 같은 메시지였습니다.
바이러스보다 더 빠른 전염력과 공감 능력을 가진 유일한 것이 있다면 인간의 눈물이라 생각합니다. 백 가지 제도보다 상실의 시대를 치유할 수 있는 한 방울의 눈물에 저의 모든 세포가 공감합니다.

한나 아렌트는 그의 나이 67살, 그녀가 죽기 2년 전인 1973년 10월, 프랑스 국영 라디오텔레비전 방송국에서 생의 마지막 인터뷰를 합니다.
"20세기를 보내면서 21세기에 물려주어야 할 것이 무엇인가?"
인터뷰어인 로제 에레라Roger Errera의 질문에 "잘 모르겠다. 하지만 나는 현대미술이 현재 상당히 심오한 지점에 있다는 것을 확신한다"라고 답합니다. 추방과 망명과 대학살의 시대를 살아온 정치사상가가 21세기에 주는 메시지가 현대미술에 대한 의지라는 데 주목합니다. 저는 여전히 아렌트의 메시지에 공감합니다. 저의 공감은 현대미술에 대한 아렌트의 의지가 아닙니다.

21세기에 주는 아렌트의 메시지는 현대미술에 대한 의지가 아니라 인간의 존엄에 대한 성찰이라 믿습니다.

2021년 선생님의 눈물은 인간의 존엄에 대한 성찰이라 믿습니다.

한기를 머금은 어머니의 차가운 체온을 데운 선생님의 유년을 상상합니다. 필설로 어림할 수 없는 민아 목사님에 대한 선생님의 사랑을 상상합니다. 부모와 자식으로 순환하는 거룩한 〈인간의 초상〉을 헌정합니다. 부디, 제 사유의 한계가 선생님의 사랑과 철학과 사상의 무게를 축내지 않기를 기도합니다.

김아타 두 손 모음

2021년 1월 9일 오후 3:56

아!
내가 죽음을 앞에 두고 유일한 지기를 얻은 것 같습니다.

나는 외롭다고 했지요.
하지만 홀로 서 있는 내 모습마저도 볼 수가 없었지요.
선생의 메시지를 읽고 여태껏 보이지 않던 것이 문틈 사이로 얼핏 보였지요.

자연하다의 세상 말입니다.

음소에서 의미소 그리고 형태소로 이르는 말의 층계가 무너지면서 유리창 깨지는 소리가 들려옵니다. 그건 라캉이 말하는 아버지의 이름 속에서는 절대로 볼 수 없는 실재계를 비언어-미술-에서 가능성을 예감한 그 마음에 있던 거지요.

소쉬르부터 시작된 20세기는 언어의 시대였지요. 그러나 21세기는 비언어의 비주얼의 세계지요. 18세기 계몽주의 시대의 그 시각 중심주의와는 또 다른 시각 미디어 말입니다.

어떤 모양의 초상이 형상되든 내 공식의 모습으로 정하여 세상에 알릴 것입니다.
이것이 80년 동안 내 영혼 속에서 불던 바람의 흔적이며 작은 벌레들이 파먹은 땀 구멍들이며 사계절과 태양과 별이 교체하는 시간들의 무늬라는 것을 말할 것입니다.

"거울이 속여 왔던 내 얼굴이 얼굴하다로 현전하였다"라고.

이어령의 대답

＊＊＊

시니피앙과 시니피에

가감인 것이 가지적인 것과 결합하는 한순간의 밝은 섬광
그때 문틈 사이로 언뜻 자연이 나 접니다. 하지만

동시에 말의 음소에서 의미소 그리고 형태소에 이르는 층계가 유리창 깨지는 소리를 내며 무너집어다[무너집니다].

소슈르[소쉬르], 라캉 등 20세기는 언어의 시대였지만

세기는 언어은[언어는] 아버지의 이름-상징계-을 가지고는 절대로 실재계 들을 수 없하는[없는] 레알-실재하는 자연-은 언어를-상징계(아버지의 이름)-가지고서는 절대를 볼 수 없는 것 앞에서 평생을 허맷지요[헤맸지요].

한나 아렌트

* * *

··· 〈세계-내-존재In der-Welt-sein 025〉, 1990 ···

추상과 구상은

같은 차이다.

2021년 2월 24일 오전 10:13

존경하는 이어령 선생님,

선생님!

사이에 해가 바뀌어 춘삼월 언저리에 있습니다. 이 봄, 연분홍 치마가 봄바람하는 소리는 남다를 것이라 기대합니다. 겨우내 침묵하던 〈아르테논〉 주변을 둘러싼 복숭아나무들이 새순을 내는 소리가 천지를 진동하는 듯합니다. 그간 선생님의 건강을 염려하며 노심초사하였습니다. 뉴욕 제작처에서 선생님의 초상이 완성되어 반입할 스케줄을 기다리고 있어 소식 드리지 못하였습니다. 제작은 이미 완성되었지만, 코비드19로 뉴욕의 운송 등, 제반 시스템이 엉켜 반입 절차가 늦어졌습니다. 다행히 어제 운송 스케줄이 잡혔습니다.

오는 10일 인천공항에 도착 예정이며 특별한 일이 없으면 3월 10일 혹은 11일쯤 선생님 댁으로 운송할 수 있을 것입니다. 그날 운송 회사에서 통관 절차를 마치고 평창동 선생님 댁으로 반입할 시간에 맞추어 제가 직접 선생님 댁을 방문하여 작품 검수를 할 것입니다. 선생님의 초상을 디스플레이 할 공간이 있으면 운송 회사 팀들이 현장에서 작품을 디스플레이할 것입니다.

만일, 3월 10일 선생님의 출타 스케줄이 있으시면 선생님 댁 반입 일정을 조정할 것이오니 연락해 주시기 바랍니다. 선생님의 초상, 〈이어령얼굴하다〉는 제 예술 인생 최고의 걸작입니다. 만족스럽다는 말은 어울리지 않습니다. 기대하셔도 좋습니다.선생님께 미리 jpg 파일을 보내 드리고 싶지만, 그날 완성된 작품을 선보이기 위하여 인내하고 있습니다.

소식이 늦어 송구한 마음을 전합니다. 선생님 댁 방문 이틀 전, 다시 반입 확인 소식을 드리겠습니다. 새봄, 오롯이 선생님의 계절이기를 기도합니다. 곧 찾아뵙겠습니다.

아타 두 손 모음

2021년 2월 24일 오후 7:08

김아타 선생님께,

저만이 아니라 지금 그 작품을 기다리는 사람들이 한둘이 아닙니다. 한국 디자인을 대표하는 작가들이 모여 올 8월에 저의 전시회를 꾸미고 있습니다. 일종의 장례를 주제로 한 초유의 기획입니다. 이것이 실현되면 선생님의 작품이 영정처럼 정면에 걸리게 될 것입니다.

물론 전시각이 아니라 퍼포먼스 전 과정을 다큐로 만든다고도 합니다. 허락해 주시면 – 모두가 흥분하고 있습니다 – 선생님의 예술을 더 많은 사람들이 감상하고 기리게 될 것입니다. 저에게 주시는 생명의 큰 선물입니다. 마침 『이어령, 80년 생각김민회 지음』이 출간되어 우선 보내 드리고 운송 날짜만 확정되면 영인문학관에서 정중하게 만반의 준비를 갖추도록 하겠습니다. 다시 뵈울 날을 고대하면서.

이어령 합장

2021년 3월 13일 오후 2:49

오늘 가족들이 모여 〈얼굴하다〉의 작품을 보았습니다. 모두 놀라워했습니다. 늘 보는 얼굴, 몇십 년을 두고 함께 한 나의 얼굴을 내 아내와 아들과 며느리 그리고 손자 손녀들이 첫 대면을 한 것입니다.
그것은 내 얼굴이 아니라 우주의 바람과 빛으로 잡은 김아타 예술가의 눈이었습니다. 혹은 손이었고 가슴이었지요.

새삼스럽게 감사를 드렸습니다. 같은 시대에 한순간의 섬광 속에서 만난 놀라운 기적들입니다. 우연은 또 있습니다. 내가 잃은 딸 민아의 기일 이틀 전 – 9주기를 앞두고 있습니다.

딸도 검은 블랙홀 속으로 빨려 들어가는 것인지
아니면 그 속에서 거듭 태어나는 것인지
내 얼굴을 보고 놀랬을 것입니다.

더 잘 알아보았을지 모릅니다.

동사가 된 내 얼굴빛과
시간이 반복되는 영원한 주름을 보았을 것입니다.

따뜻한 봄날 맑게 개인 날.
혹시 내 건강이 지탱하면 집사람과 함께 선생님의 예술 공간을 찾아가게 될지 모릅니다. 이룰 수 없는 환상이지만 그렇게 생각하고 있습니다.

두 내외분의 건강과 행운을 기원하며 두 손을 모읍니다.

2021년 3월 14일 오전 9:4

존경하는 이어령 선생님,

이틀 사이에 울산에 다녀왔습니다. 여기저기 하얀 목련이 연기처럼 피었습니다. 간간이 매화꽃이 조화를 더했습니다. 사이사이에 빨간 홍매화가 슬프도록 빨갰습니다. 채 터지지 않은, 하도 봉긋한 몽우리를 살짝 만져보았습니다.

내년에 고희를 맞는 사업을 하는 사돈과 내원사로 가는 봄길을 걸으며 많은 대화를 하였습니다. 우리는 사돈 사이지만, 좋은 지기로 많은 대화를 합니다.

자연하는 모든 것들에 감동하고, 절로 고개 숙이며 봄맞이를 했습니다. 그렇게 작은 홍매화꽃 몽우리를 만지는 순간, 선생님의 메일을 받았습니다. 어찌하오리까 선생님!

힘드신 데 글 보내지 않으셔도 선생님의 마음을 온전히 받습니다. 한마디 말씀 하지 않으셔도 토씨 하나 놓치지 않습니다. 듣고 삭히고 있습니다. 감사합니다.

남쪽에서 불어오는 봄기운이 여주 들 복사꽃을 피울 때쯤, 부디 선생님의 〈아르테논〉 나들이를 희망합니다. 가능하시다면 4월 14일(수요일) 혹은 4월 15일(목요일)이 길일이라 여겨집니다. 하지만, 선생님의 건강을 우선하기에 조금이라도 몸이 불편하시면 길 나서시면 안 됩니다. 마음속의 선생님께서는 이미 수백 번을 다녀가셨습니다.

존경하는 선생님!
모든 것을 긍정해 주시는 선생님께 무한한 감사를 드립니다. 어찌 한 컷의 사진으로 선생님의 철학과 사상을 담을 수 있겠습니까? 언감생심, 불가합니다. 오히려 불가하기에 불가해한 인간의 정신을 표상하는 가장 가까운 이유입니다.
긍정해 주신 선생님과 사모님과 선생님의 가족 모든 분들께 감사드립니다.

선생님! 저에게는 위대한 스승님이 현존해 계십니다. 9살드는 손녀 소울이라는, 영혼이 맑은 아이입니다. 더하거나 덜하지 않고 오직 그대로의 표상입니다. 까맣게 잊고 있었던 유년기의 순수한 세상을 피드백 시켜 주는 완전한 인간이 손녀입니다.
그리고 한 사람, 선생님이 계십니다. 선생님의 사상은 홍매화보다 더 정열적이고, 목련꽃보다 더 순수한 사상의 결정입니다.
더할 수 없는 지혜의 꽃으로 이름하는 여여如如를 저는 물질계와 정신계의 완전한 융합으로 해석하고 있습니다. 선생님의 위치입니다. 현玄에 하나로 부족하여 현玄 하나를 더하여 현현玄玄을, 이에 자로 읽지 않고 현으로 읽습니다. 선생님의 위치입니다.

그날 선생님께 드린 '20년 후의 선생님'과 '20년 전의 선생님'에 대한 질문은 '선생님의 시간'에 대한 저의 찬사였습니다. 평생을 창의적 인간으로 살아오신 선생님의 시간은 영원합니다.

그날 오찬을 함께하며 선생님께서 질경이론을 말씀하셨습

니다. 저는 질경이보다 더 질리고 모질게 작가로 살아왔습니다. 오직 창의적 인간, 오직 새로움을 추구하는 작가로 살아왔습니다. 외롭고 고독했습니다. 오직 그것이었습니다. 살을 발라내면서 날을 세우는 백정질이야말로 가장 훌륭한 수행이라 믿었습니다. 오직 순례했습니다.

〈아르테논〉은 순례길입니다. 4월, 만일 선생님께서 나들이를 하시면 5~6년생 작은 홍매화 나무를 준비할 것입니다. 선생님의 방문을 기념할 것입니다.
자연하는 모든 것들에 경의를 보냅니다.
선생님의 봄을 찬양합니다.

김아타 두 손 모읍니다.

2021년 4월 12일 오전 6:02

존경하는 이어령 선생님!

여지없이 봄의 한 가운데 있습니다.

새들이 아침을 깨웁니다.

봄의 새소리는 단맛이 납니다.

복사꽃이 연분홍합니다. 겨우내 존재감 없던 조팝나무가 하양합니다. 민들레가 노랑하고, 제비꽃이 날 보라 합니다. 벚꽃도, 목련도, 무시로 꽃비가 되어 깊은 봄을 적십니다. 자연은 축제합니다.

나대지 않고 그저 그런 존재들이 자연을 완성하고 있음을 봅니다. 감사하고 또 감사합니다.

선생님!

〈아르테논〉을 감싸고 있는 과수원의 복사꽃이 절정입니다. 하도 아름답고 화려해서 미안합니다.

선생님의 건강을 기원하며 축복 같은 봄소식 전합니다.

화 양 연 화花樣年華,

선생님의 봄을 축복합니다.

아타 두 손 모음

2021년 5월 31일 오전 7:08

존경하는 이어령 선생님,

선생님 감사합니다. 글 보내는 일조차 선생님을 번거롭게 할 것 같아 소식 전하지 못하였습니다.
이 대표님께서도 오직 선생님을 존경하는 마음만 가득합니다. 선생님께서 부담스러워 하시는 행사를 염두에 두실 분이 아닙니다. 부디 염려하지 마시길 바랍니다. 저 또한 선생님의 건강을 비켜서서 어떤 상상도 하지 않습니다.

저는 오래전부터 인간은 태어나는 순간부터 장례길이라 인식하고 있었습니다. 특별한 시기, 특별한 의식에 큰 의미를 두고 있지 않았습니다.
태어남이 사라짐을 동반하는 것은 존재하는 모든 것들의 자연이라 인식하고 있습니다. 저는 진정한 자유를 얻기 위하여 평생을 아티스트로 살아왔습니다.
한때는 기 운 생 동氣韻生動하는 자연을 자유의 총합처럼 인식하였지만, 자연이야말로 가장 완벽한 구속력을 가진다는 것을 알았습니다. 진리가 있다면 진리야말로 진실로 구속적임을 알았습니다.

10년을 더 〈자연하다〉 프로젝트를 진행하면서 스스로 그러해서 자연이라 이름하는 자연이 완벽한 물리적 구속임을 알았습니다. 역설적으로 대자유는 완벽한 구속력을 가진 자연법과 추는 춤임을 깨달았습니다. 비로소 원효선사께서 저잣거리에서 아이들과 무 애 춤無导舞을 춘 이유를 절감합니다. 오직 이 순간이 화 양 연 화임을 절감합니다.

존경하는 이어령 선생님!
오직 창의적인 선생님을 무한 존중합니다.
오직 그것입니다.
선생님의 초상을 헌정한 일은 저의 상식이며 저의 자연입니다. 그 외 어떤 목적도, 어떤 계획도 가지고 있지 않습니다. 선생님의 초상을 전시하거나 출판하는 일을 상상하지 않습니다.

선생님의 〈아르테논〉 방문은 마음만으로 충만합니다.

오직, 선생님의 영성이, 선생님의 사상이 선생님의 건강을 잘 다스려 주시기를 기도합니다. 하여 선생님의 대 자유가 세상 사람들에게 스며들기를 기도합니다.

선생님께 신의 가호가 함께하기를 기도합니다.

아타 두 손 모읍니다.

2022년 1월 17일 오전 10:44

존경하는 이어령 선생님,

사이에 해가 바뀌었습니다. 담대한 검은 호랑이가 육십갑자를 돌아 다시 왔습니다. 한껏 축복합니다.

올 2022년 5월 19일부터 경기도에 있는 〈모란미술관〉에서 개인 전시를 할 예정입니다.

〈자연하다〉입니다. 선생님께 〈자연하다 - ON NATURE〉에 대한 에세이를 청합니다.

자연이 그림을 그리는 프로젝트인 〈자연하다〉를 세상에 처음 공개합니다. 텍스트 위주의 책으로 제작할 예정입니다. 부디 선생님의 혜안으로 〈자연하다〉가 세상 속으로 자연할 수 있도록 길을 터 주시기를 부탁드립니다.

선생님의 철학을 비켜서 〈자연하다〉를 세상에 소개하기에 저는 참으로 어리석은 사람으로 남을 것입니다. 부디 선생님의 철학을 경청하고 싶은 마음 가득합니다.

그럼에도 불구하고 건강이 허락하지 않으시면 제한해 주시기 바랍니다. 어떤 경우라도 감사하게 받을 것입니다.
〈자연하다〉 전시에 부치는 저의 노트와 최근 에세이를 첨부합니다.

김아타 두 손 모음

2022년 1월 23일 오전 4:53

구슐[구술]이라도 꼭 쓰겠습다 먼저 누워 렀다가이제서

야 열어보았 니다 전화로 설명드리지요

글이 눕다

●

선생의 회신이 없어 하늘을 보고 있을 때, 까치가 울었다.

선생의 메일을 받았다. 가슴이 무너졌다.

선생의 자음과 모음이 서로를 의지하며 쓰러지지 않으려 안간힘을 다하고 있었다.

선생은 평생을 자음과 모음을 바로 세운 사람이다. 언제, 어디서라도 둑이 터진 나이아가라 폭포수처럼, 자음과 모음이 축제를 했다.

그 자음과 모음이 반쯤 누웠다. 마치 스마트한 아이들이 신조어를 만들 듯이 글 장난을 하는 것 같았다.

선생의 회신을 보는 내가 무너져 내렸다.

몸이 눕는 일이 죽음이다.

스스로 몸의 무게를 이기지 못하는 삶이 죽음이다.

오래전, 얼음으로 붓다를 만들었다.

얼음으로 마오쩌둥을 만들었다.

얼음으로 나를 만들었다.

얼음으로 파르테논 신전을 만들었다.

얼음으로 만든 그것들은 녹아서 물로 돌아가는 순간이 가장 영롱하고 아름답다. 영롱함도 잠시 결국 무너진다. 무너짐은 자신의 무게를 이기지 못하는 일이다. 몸이 먼저 눕고, 정신이 뒤를 따랐다. 미명의 시간, 얼음으로 만든 성스러움도, 권력도, 자아도, 흔적도 없이 사라졌다. 그러나 사라지지 않는 것이 있다. 의지이고, 사상이다. 선생의 글은 눕더라도 글하는 선생의 의지는 눕지 않는다. 오히려 선생의 몸이 빈자리에 선생의 사상은 더 선명해진다. 그것이 글의 본성이다. 존재하는 모든 것들의 본성이다. 정체성이다. 부디, 이제, 선생은 글하지 않아도 된다. 비로소 글에서 해방되었다. 나도 선생의 글에서 해방되었다. 2022년 1월 23일 선생께서 보내온 마지막 메일을 받았다. 선생은 평생을 글로, 말로 소통했다. 그런 선생께서 글에서 해방되었다. 해방은 축복해야 할 일이다.

오래전, 뉴욕 첼시 길거리에서 쇠사슬에 묶여 있는 화분을 보았다. 단단한 사슬이었다. 쇠사슬은 화분을 묶으면서 자신도 화분에 구속되어 있었다. 굵고 단단할수록 자신을 더 단단하게 구속한다. 세상사에 흔한 일상의 역설이다.

이 시간, 이 글도 결국 이 글에 구속된다. 좋은 글을 쓰려고 애쓸수록 좋게 구속된다. 구상처럼, 추상처럼, 완벽한 글은 완벽하게 구속된다. 원하는 값을 얻으면 그런대로, 부족하면 부족한 대로 그 글에서 자유롭지 못하다. 자유는 자유라 말하는 순간 자유에 구속되는 것과 같다. 진리가 있다면 그곳에 다가가면 갈수록 진실로 진리에 구속되는 것과 같다. 이것이 세상의 모습이다. 선생은 글을 버리고 대 자유로 갔다.

··· 〈ON-AIR Project 153-4〉, Ice Parthenon, 2008 ...

얼음으로 파르테논 신전을 만들었다.

여러 조각들을 석 달 동안 실측의 1/10 크기로 조각하였다.

그리고 한 달 동안 녹아가는 과정을 지켜보았다.

파르테논은 인류 문명사의 걸작이다.

신학과 미학과 철학의 결정이라 생각했다.

파르테논은 영원을 숭상하는 인간의 표상이다.

얼음으로 마오쩌둥毛澤東을 조각했다.

얼음으로 만든 마오가 녹아가는 일주일간의 과정을 기록했다.

마오는 인류사에 지워지지 않을 절대 권력의 상징이다.

절대 권력도 결국 사라진다.

절대 권력은 절대하며 사라진다.

··· 〈ON-AIR Project 116-4〉, Ice Mao, 2005 ...

2022년 2월 3일 오전 8:28

김연 선생님. 김아타입니다.

구정 명절 잘 보내셨습니까?

힘들겠지만, 가장 가까운 거리에서 선생님과 함께 하는 시간이 참으로 소중한 일이라 생각합니다.

지난 1월 28일 짧은 만남이었지만, 선생님의 마지막 시간과 마주하며 말로 다 할 수 없는 여러 감정들이 있었습니다.

우선 결론적으로 그날 선생님과의 대화 녹취는 풀지 않기로 했습니다. 그날 선생님의 건강이 정상적인 대화를 할 수 있는 상황이 아니었습니다. 선생님의 말씀을 유추해서 대입할 수 있으면 선생님께서도 그렇게 하시라 말씀하셨지만, 그것은 저의 정체성과 맞지 않고, 그리고 만에 하나라도 선생님의 명성에 누가 되지 않게 하기 위하여 글로 풀지 않기로 했습니다. 대신, 선생님께서 지난 2015년 8월 26일 당시 파주에 있던 저의 스튜디오를 방문하셨을 때,

현재의 프로젝트인 〈자연하다〉를 보시고 말씀하셨던 짧은 멘트를 이번 도록에 수록하겠습니다.
그날 선생님께서 제 스튜디오를 방문하시게 된 연유를 말씀드리겠습니다.

2015년 8월 26일, 이어령 선생께서 파주 출판 단지에 있던 나의 스튜디오를 방문하시고, 〈자연하다〉를 극찬했습니다.

"눈물이 난다.
아타 선생은 신의 영역에 도전하고 계시다."

덕담했습니다.

선생님께서 스튜디오를 방문하기 며칠 전, 전직 장관을 비롯한 13명의 여성 오피니언 리더들이대 출신들로 선생님의 제자분들이 먼저 스튜디오를 방문했습니다. 그분들께서 "이곳을 순례 코스로 하면 좋겠다," "이어령 선생께서 꼭 오셔야 할 것 같다,"라고 조언을 해 주셨고, 중앙일보 국제부 팀장으로 있던 남정호 기자께서 선생님을 모시고 왔습니다. 그날 선생님께서 스튜디오를 방문하실 때 남기자와 수원대학교에 계신 오랜 지기인 이주향 교수가 자리를 함께 했습니다. 남 기자는 2006년 뉴욕 특파원을 할 때, 뉴욕 ICP에서 있었던 저의 개인전 소식과 뉴욕타임즈 리뷰를 뉴욕 발로 중앙일보에 기사화하면서 저와 지기가 되었습니다.

선생님께서 파주 스튜디오를 방문한 이틀 뒤, 저의 감사 메일에 대해, **"충격과 어쩌면 질투에 가까운 부러움을 지니고 집에 돌아왔습니다. 뜻밖에 우리 가까운 곳에 지적 모험과 영혼의 탐험자들이 있기에 우리는 절망하다가도 한국을 잊지 못합니다"**라고 회신을 보내오면서 선생님과 그동안 여러 메일링을 하였습니다. 선생님과의 이메일링은 선생님의 아카이브에 보관되어 있을 것이라 첨부하지 않습니다.
그리고 그 후, 저는 모든 사람들이 순례할 수 있는 공간을 만들기로 하였으며 〈자연하다〉에 대한 선생님의 극찬이 큰 용기가 되었습니다.
선생님을 모시고 기탄없는 대화를 하기 위함이 〈아르테논〉을 조성하게 된 결정적인 이유입니다.

선생님을 만난 지 5년이 지날 무렵인 2020년 4월, 어렵게 경기도 여주에 〈아르테논〉을 조성했지만, 이미 선생님의 건강이 〈아르테논〉까지 나들이할 수 없게 되었습니다. 아쉬움은 매우 컸습니다. 하여 대신 선생님의 초상을 역사에 남기기로 하였고, 2020년 12월 29일, 선생님의 미수米壽 생신날 초상 작업을 했습니다. 〈이어령얼굴하다〉입니다. 선생님께서는 영정사진으로 받으셨지만, 영정사진으로 작업한 것은 아닙니다.

그러던 차, 올 5월 19일, 경기도 모란미술관에서 〈자연하다〉를 세상에 처음 선보이게 되어 선생님께 메시지를 부탁하게 되었습니다. 지난해 11월 4일날 뵈었을 때를 상상하였기에 선생님의 현재를 예상하지 못하였습니다. 선생님께서 구술이라도 하시겠다 하셔서 현재 상태를 알지 못한 채, 1월 28일 방문했던 것입니다. 선생님께서 힘들게 말씀하셨지만, 세상에 낼 수 없는 혼돈스러운 말씀이셨습니다.

그럼에도 마지막으로 선생님께서 당신의 현재를, **"마지막 모습을 찍으라,"** 말씀하셨습니다. 사진 촬영이 목적이 아니었지만, 선생님의 무한 신뢰에 감사하며 몇 컷을 촬영했습니다. 그 사진을 첨부합니다.

그 사이에 누군가 선생님의 현재 모습을 촬영할 기회가 있겠지만, 무거운 마음을 잠시 내려놓고, 당신 스스로 시詩가 된 모습을 남겨 두시길 바랍니다. 아마도 제가 촬영한 사진 중 가장 아름다운 것은 선생님의 현재입니다. 그 이유는 선생님께서는 태어나서 동시를 짓고, 동요를 부르고, 시를 쓰고, 소설과 희곡, 평론 등 인문학의 정점에서 동서양을 종횡무진하였기 때문입니다.
그런 선생님의 현재는 당신이 그대로 시詩였습니다. '가장 단순한 언어의 구조가 시詩라면 인간의 일생에 시詩에 가장 가까운 시간이 언제일까?'를 가늠하면 지금 선생님이십니다. 선생님의 현재가 그렇게 아름다운 이유입니다. 하지만, 이 사진은 공개하지 않을 것입니다.

언젠가 슬픔이 엷어지고, 모든 것을 감내할 수 있을 무렵, 큰 스승이자 어른이신 이어령 선생님의 모든 것이 절절하게 사무칠 때, 시詩가 된 선생님의 현재가 무한한 그리움으로 상징될 것입니다. 한민족사의 소중한 역사가 될 것입니다. 이어령 선생님은 모든 한민족의 위대한 스승입니다. 저는 선생님을 예술을 넘어선 위대한 창조자라 믿습니다.

참, 지난번 미팅 때 말씀드렸지만, 저의 다큐멘터리 2개는 지난해 11월 4일 방문했을 당시 강인숙 관장님께 시간이 나실 때 보시라 드렸던 저의 자료입니다. 두 분께서 이곳 여주에 있는 〈아르테논〉까지 오실 수 없기에 다큐라도 보시라 드렸던 것이니 삭제를 하시거나, 삭제가 여의치 않으면 유출되지 않도록 해 주시면 감사하겠습니다.
말이 길어 바쁜 시간을 축냈습니다. 미안합니다. 김연 선생님의 모든 입장을 존중하고 감사합니다.
부디, 하루라도 더 선생님의 체온이 이 세상에 남아 있기를 기도합니다.
언제든지 하문할 일 있으면 연락 주시기 바랍니다.

아타 두 손 모음

그대로 풀어서
원고로 사용하세요

●

이날 아침 이어령 선생을 보좌하고 있는 김연 선생에게서 전화가 왔다. 이어령 선생께서 직접 통화를 했다.

"그대로 풀어서 원고로 사용하세요."

가쁜 숨을 쉬며 말하셨다. 녹취를 풀지 않기로 했다는 메일에 대해 선생님께서 직접 전화를 했다.

"네 선생님, 그렇게 하겠습니다."

선생님과 마지막 대화를 풀었다.
모든 것을 그대로 받아들이기로 했다.

2022년 2월 5일 오전 8:41

김연 선생님, 조용한 휴일 아침입니다.

선생님의 구술을 풀어 조합했습니다. 그대로 낼 수 없어 버릴 것은 버리고, 취할 것은 취해 말을 더했습니다. 사선으로 된 부분이 선생님의 말입니다.

가능하시면 선생님께 읽어 주시기 바랍니다.
김연 선생님의 목소리가 고와서 곱게 들릴 것입니다.
선생님께서 동의하시면 그대로 책에 수록할 것입니다.
부탁합니다.

고운 날 보내시고요.

아타 두 손 모음

마지막 대화를 긍정하셨다

●

다음 날, 김연 선생으로부터 전화가 왔다.

"선생님께 원고를 읽어 드렸다. 아름다운 글이라 하셨다."

선생께서 마지막 대화를 긍정하셨다.
모든 것을 긍정하고, 모든 것을 아름답게 바라보는 이어령 선생이시다.
마지막 대화라 이름하지만, 마지막 대화는 없다.
나는 오늘도 선생께 편지를 쓴다.
〈아르테논〉에서 선생을 기다리고 있다.
여전히…….

김아타

··· 〈아르테논하다 ~ 무릉도원하다〉 ...

5부

실존하다

찬란한
슬픔

●

영랑은 나의 봄을 〈찬란한 슬픔〉이라 시詩했다.

그 봄이다.

그 봄의 완성이다.

봄의 완성은 봄의 죽음이다.

나의 봄은 나의 완성, 나의 죽음의 위치다.

모든 존재의 완성은 모든 존재의 죽음이다.

죽음의 실존이다.

죽음은 침묵하는 일이다.

침묵은 메시지다.

죽음이 위대한 것은 영원한 침묵이다.

선생의 죽음은 선생의 마지막 메시지다.

선생의 죽음, 그 위대한 죽음이 그렇다.

〈찬란한 슬픔〉,

한 인간의 완성이다.

타우마제인thaumazein, 놀라움 하다

●

선생은 화산이다.

살아 있는 활화산이다.

물음하는 불씨만 댕기면 당장에 폭발한다.

식識의 화산이 폭발한다.

식의 마그마가 분출한다.

타우마제인이다.

인간 이어령이다.

화산 폭발하다

●

"너무 많은 말을 한다."

"말을 할 기회를 주지 않는다."

"남의 말을 듣지 않은 것이 선생의 유일한 벽이다."

여럿이 여럿했다.

아니다. 선생을 오독하는 일이다.

내가 선생을 처음 만난 두 시간, 만나고 헤어질 때, 시작과 끝, 인삿말만 했다.

한마디를 더하지 못했다.

다음날, 그 이유를 알았다.

선생은 살아있는 화산이다. 식識의 화산이 폭발한다.

폭발하는 화산을 막으면 화산이 죽는다.

흘러내리는 용암을 막으면 마그마가 갈 데가 없다.

나이아가라는 물이 많아서 흘러내린다.

웅장하다.

물이 많아서다.

폭포를 막으면 물이 갈 데가 없다.

그러면 강이 죽는다.

선생은 한순간도 버리지 않았다.

높은 데서 낮은 곳으로 흐름이 열의 물리적 현상이다.

앎의 정체이다.

앎은 어딘가로 흘러야 한다.

식識의 존재 이유다.

혁명하다

●

선생은 혁명하는 사람이다.
내적 혁명이다. 식의 화산이 폭발하는 현상이다.
그것이 혁명이다.
혁명은 열어놓음이다. 열어놓음은 창조적 행위다.
그래야 들숨과 날숨이 무한 확장된다.

당신 스스로 식識을 융합하고, 통합하고, 통섭한다.
하이브리드 프로세스이다.
식識의 화산이 폭발하는 이유다.
이것이 선생의 혁명이다.
선생을 천재라 부르는 이유다.

창조적 인간,
이어령

●

열어놓음은 모든 것을 가능하게 한다. 그것이 창조이다.
디지로그, 굴렁쇠, 갓길, 생명자본주의, 모든 것이다.

선생과의 대화는 모든 것을 내려놓아야 한다.
한 시간, 두 시간, 토씨 하나 버릴 것이 없다.
폭발하는 화산에서 분출하는 마그마는 환상적이다. 통제할 수 없다.
창조의 원형이다. 지성의 상징보다 창조적 인간 이어령에 초점하는 이유다. 창조적 인간이 아름다운 이유다.

창조적 인간은 다름을 배제하지 않는다.
창조적 인간은 다름에 차이를 두지 않는다.
창조적 인간은 벽이 없다.

창조적 인간의 전형

●

선생은 소수를 위한 사람이다.

소수를 대변한 많은 사연들이 있다.

창조적 인간의 전형이다.

무리에 싸이면 창조적 인간이 될 수가 없다. 불가능하다.

프레임이 창조적 마그마를 제한하기 때문이다.

폭발하는 화산을 막으면 화산이 죽는다.

선생의 식識을 막으면 선생은 살아도 산 것이 아니다.

선생은 진영에 속하지 않았다.

"우리we 라는 우리cage에 갇혀 버리면 새것을 창조할 수 없다" 했다.

선생을 존경하는 이유다.

선생께서 그 지점을 위로했다.

2015년 8월 26일 내 스튜디오를 방문하셨다.
〈자연하다〉, 자연이 그림을 그린 프로젝트를 보셨다.

"아타 선생은 신의 영역에 도전하고 계시다."

크게 덕담했다.
20년을 더 뒤에 있는 선 사람에게 쉽게 할 수 있는 말은 아니다.
힘으로 받았다.
수백 번을 되새겨도 과하지 않다.
창조적 의지는 이것과 저것을 가리지 않는다.
선생께서 나의 스튜디오를 방문하기 일주일 전, 선생의 제자 열세 명이 먼저 방문했다.
"이어령 선생님께서 꼭 오셔야 한다."
모든 사람들이 입을 모았다.
그렇게 시작되었다.

인간이기
때문이다

●

선생은 마지막 순간까지 한 사람이라도 더 만났다.
혼신을 다했다. 처절했다.
한 획도 버리지 않았다. 그렇게 마지막 숨을 덜었다.
내가 선생과 마지막 대화를 했던 그 순간도, 세 홉을 덜었다.
선생의 시간을 짧게 했다.

이제 아프다.

들숨 하나,
날숨 하나,
생명한다.

이어령하다

●

선생은 매일,

매 순간,

파격하고

매일 혁명한다.

창조적 인간의 시작이다.

쇠가 구른다.

디지로그가 생명자본으로 간다.

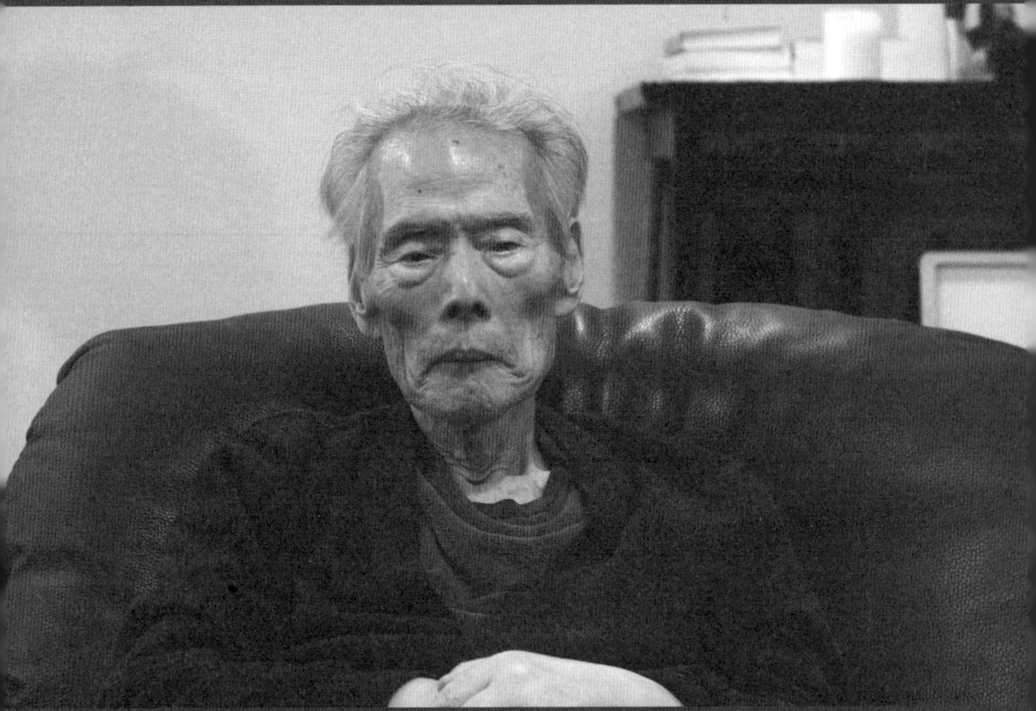

인문의
절정

●

모든 인간은 유토피아를 꿈꾼다. 그러나 유토피아는 인간이 살아서는 안 될 금단의 땅이다. 가지 말아야 할 땅이다. 낙원, 유토피아에는 부족함이 없다. 일을 해야 할 이유가 없다. 싸울 이유도 없다. 풍족하고 싸울 이유가 없으니 스트레스 받을 일이 없다. 스트레스를 받지 않으니 사유할 이유가 없다.

삶은 필요에 의한 몸의 본능적 반응이다. 필요한 것이 없는 세상은 결국 더 살아야 할 이유가 없는 세상이다. 늙은 나무는 속이 먼저 비어 간다, 속이 겉보다 자연에서 멀어서 그렇다. 인디언, 영혼이 맑은 사람들은 보호 구역에서 자연으로부터 멀어져 갔다. 보호 구역에서 온전한 평화를 누릴 것 같지만, 그들은 소멸되어 갔다. 늑대와 춤을 출 이유가 없었다. 주먹을 쥘 이유가 없었다.

자연할 이유가 없었다.
2007년 10월, 나는 뉴욕에서 마지막 남은 인디언 영적 지도자를 만났다. 그녀는 "문명이 모든 것을 가져갔다"라고 마지막 숨을 토하듯 눈물을 흘렸다. 유토피아가 꿈꾸는 곳이 있다. 패러독스의 완성 그곳이 개천이다. 개천은 용의 홈타운이다. 실존했던 모든 성인의 어제는 모든 상처의 모둠이다. 성인은 큰 상처의 현현이다. 지저스를 기도한다, 붓다를 기도한다.

선생께서 마지막 순간까지 혼신을 다해 전하고 싶은 메시지는 유토피아가 아니다. 창조적 인간이다. 이미 오래전, 선생의 디지로그는 생명자본주의로 진화했다.

"AI 시대는 빅 데이터가 생명이다."

나는 선생의 통찰에 전율한다. 선생의 통찰은 AI 시대 빅데이터를 생명으로 창조했다. 이것은 생명자본주의의 꽃이다. 인문의 절정이다. 창조적 인간 이어령 선생의 진면목이다.

이 어 령 하 다.

2022년 2월 26일

●

"얘야! 밥 먹어라"

선생은 엄마가 밥 먹으라 부르는 소리를 들었다.

어머니에게로 갔다.

선생과 마지막 대화를 한날로부터 29일째 되던 날, 선생은 별이 되었다.

동화로 갔다.

신화가 되었다.

모든 존재는 탄생의 순간부터 탄생 이전의 세계로 돌아갈 날을 꿈꾼다.

"죽음을 기다리며 탄생의 신비를 배웠네."

선생께서 죽음을 축복했다.

존재는 태어나는 순간부터 죽음의 집행 유예 상태이다.

시차가 다를 뿐 이를 비켜 갈 자연은 없다.

선생을 축복한다.

찬란한 슬픔한다.

홀씨하다

얇은 사 하얀 고깔은 고이 접어서 나빈다.

홀씨 하나 초대했다. 홀씨가 나는 모습은

하얀 고깔이 춤을 추듯 화려하다.

우주를 유영하듯, 홀씨 한다. 바람을 기다린다.

비를 기다린다. 때로는 오한처럼 몸을 턴다.

나 아닌 모든 것에 나를 싣는다.

우주에서 가장 안전한 비행체는 홀씨이다.

어미를 위한 자식의 마음이다. 자식을 위한 어미의 마음이다.

온 세상, 홀씨는 어미를 떠난다.

온 세상 홀씨는 어미로 간다.

축제처럼

책을

여밉니다

33년 전, 17일을 말린 장미를 불태웠습니다. 그냥 태웠습니다. 장미가 불타면서 내는 향기에 나의 관념은 송두리째 파괴되었습니다. 큰 충격이었습니다. 아름다움과 향기로움의 대명사 장미에 대한 나의 상식은 해체되었습니다. 17일을 말린 장미가 불타면서 낸 향기는 나의 뇌를 마비시킬 정도로 강했습니다. 살아서 낸 장미향과는 비교할 수 없었습니다. 〈장미의 열반〉이라 이름했습니다. 내가 파격하지 않고 어떻게 장미가 불타겠습니까? 파격 없이 어떻게 장미가 자신마저 미처 알지 못했던 향을 내어놓겠습니까? 〈장미의 열반〉은 큰 화두가 되었습니다. 그날 이후 모든 것을 열어놓았습니다. 장미의 열반을 닮기로 했습니다. 모든 순간, 모든 공간에 의지가 가득했습니다. 그렇게 살았습니다.

깨진 독에 물을 부었습니다. 세상 이치는 깨진 독에 물을 붓지 말라 했지만, 내 의지를 우선했습니다. 새는 물보다 더 많이 부으면 독은 찰 것이라는 믿음입니다. 설령 독은 차지 않더라도 물은 어딘가로 흘러 길이 되고, 생명이 될 것이라는 믿음입니다. 깨진 독은 한 치 앞을 알 수 없는 미래입니다. 물을 붓는 행위는 내 자존을 무한 긍정하는 일입니다. 내 생명을 담보한 실존입니다. 이 실존 지대는 길 아닌 길에서 새로움을 창조해야 하는 나의 유토피아이자 해방구였습니다. 하나의 의미를 더합니다.

흙은 소성의 정도에 따라 질그릇이 되고 자기磁器가 됩니다. 열이 부족하면 질그릇이 되고, 넘치면 자기가 됩니다. 자기는 흙이 아닙니다. 다른 정체입니다. 흙의 열반 무여無餘입니다. 열의 정도에 따라 유여有餘가 되고 무여가 됩니다. 유여와 무여를 논함이 아닙니다. 그것이 무슨 의미가 있겠습니까? 열의 정도에 따라 질그릇이 되고 자기가 되듯이 불火이 흙의 흥망성쇠를 결정하는 것 같지만, 오롯이 그런 것은 아닙니다.

흙이 질그릇이 되거나 백자白磁가 되는 것은 이미 흙의 본성에 있던 것입니다. 자기는 흙에 있던 본성의 아웃풋입니다. 열은 흙의 본성이 제대로 아웃풋할 수 있도록 흙을 보살피고 시험에 들게 할 뿐입니다. 본성은 본질을 개혁하고 혁명할 수 있도록 인도합니다. 나의 뇌를 마비시킬 것 같았던 장미 향도 장미의 본성에 있던 것입니다.

그러나 인간은 아무리 센 불에 태워도 자기가 되지 않습니다. 질그릇조차 되지 않습니다. 향을 내지도 못합니다. 하지만, 인간도 사용 가능한 모든 본성을 가지고 있습니다. 백자보다 더 화려하고, 장미보다 더 짙은 향을 낼 수 있다는 의미입니다. 수행입니다. 불은 수행의 다른 말입니다. 수행의 정도에 따라 질그릇이 되고 자기가 됩니다. 모든 존재는 모든 본성을 가졌듯이, 흙은 추상적인 아름다움美 만으로 가치를 논할 수 없는 백자가 될 준비가 되어 있습니다. 미美와 추醜의 경계, 이것과 저것의 경계를 초월한 그 지점이 내가 죽어 네가 되는 완전한 열반입니다. 흙의 열반을 인간에 대입하면 유여와 무여를 결정하는 것은 불이 아니라 나 자신이어야 합니다, 초월적 세계는 타자로부터의 변화가 아니라 내 스스로 변화해야 한다는 의미입니다. 모든 것을 열어놓고 수행이란 시험을 감내하고 통섭하고 융합해야 합니다. 이것이 내적 혁명입니다. 책의 시작부터 혁명을 언급했던 이유입니다. 이어령 선생과의 연을 책하는 이유이기도 합니다. 나의 혁명과 선생의 혁명이 공명했기 때문입니다.

연緣의 완성은 연의 열반입니다. 열반의 완성이 부활입니다. 윤회입니다. 부활은 열반의 존재 증명입니다. 더 소중한 일이 있습니다. 부활하고 윤회하는 일은 살아서 할 일입니다. 부활도 윤회도 내가 아니기 때문입니다. 흙과 자기가 다르듯이 나와 다른 정체입니다. 몰입의 완성이 해체이며 해체의 완성이 새로움인 것과 같습니다. 그래서 당신의 모든 것을 태우는 일이 열반입니다. 날마다 다시 차오르는 새로움이 부활입니다. 몰입의 완전한 죽음이 해체이고, 해체의 완전한 죽음이 새로움이듯이 오늘 완전히 죽어야 내일 새로움이 부활합니다. 이는 봄이 완전히 죽어야 여름이 짙고, 여름이 완전히 죽어야 가을이 풍성한 자연법과 같습니다. 화려한 희생입니다. 선생께서 "지저스의 희생은 피"라 한 말은 완전한 죽음을 의미합니다. 부활을 의미합니다. 여기도, 저기도, 존재하는 모든 것들에 해당합니다. 선생의 마지막 눈물 한 방울은 선생의 고해 성수입니다. 당신께서 인간이기 때문입니다. 한 방울의 눈물은 우주를 여행하는 원 웨이 티켓에 남긴 성스러운 지문指紋입니다. 이 세상에서의 마지막 실존입니다.

선생께서 우주합니다.

존재의 죽음은 우주하는 일입니다. 인문의 정점에서 자연계를 융합하던 선생께서는 이미 '라그랑주'를 지났을 지도 모릅니다. 라그랑주는 지난해 12월 25일 나사에서 쏘아 올린 우주 망원경 제임스웹이 안착한 곳입니다. 지구로부터 150만km 떨어진 곳에 있는 라그랑주는 중력이 가장 안정적이라서 우주 생명체를 찾고, 우주의 시원을 밝히기에 이상적인 공간으로 알려져 있습니다. 제임스웹은 황포 돛배처럼 황금색 돛을 달고 우주를 유람하고 있습니다. 그쯤에서 선생은 우주하는 것들로 오케스트라를 만들어 아리랑을 지휘하고 있을지도 모릅니다.

오래전 나는 우주도 어딘가에는 끝이 있을 것이라 썼습니다.

"존재하는 모든 것은 결국 사라진다."

존재의 유한성에 방점을 찍었을 때입니다. "만물은 변한다"는 헤라이클레이토스적 예언에 젓가락을 놓았을 때입니다, 변함을 존재의 유한성, 사라짐으로 받았을 때입니다. 내 사유가 짧았습니다. 존재의 있음有에서 없음無으로 변화도 자연입니다. 없음도 존재입니다. 보이지 않는 것도 보이지 않는 현상입니다. 우주는 미지입니다. 자연계에서 흙이 죽어 자기가 되듯이 우주는 빅뱅하고 블랙홀하기를 반복할 것입니다. 계속된다는 의미입니다. 설령 우주 어딘가에 끝이 있다 하더라도 그 또한 다른 세계입니다. 축복으로 받습니다. 우주하는 선생의 여행도 계속된다는 의미이기도 합니다.

평생을 실존주의자로 살아온 나의 사유는 자연계의 범주에서 인간하고, 자연하고, 우주했습니다. 선생의 죽음은 우주에 대한 내 사유를 깊게 했습니다.

평생을 파격하고 내적 혁명을 했다지만, 나는 21그램의 무게를 가졌다는 영혼의 실체에 대하여 의문을 가집니다. 창조주 GOD의 실체에 대해서도 같은 입장입니다. 광의적으로 빅뱅 이전을 창조주 신神의 영역으로, 빅뱅 이후를 과학의 영역으로 인식하는데 얼추 동의합니다. 그럼에도 나는 선생께서 우주하기 시작했다 썼습니다. 그것은 선생을 추모하는 여구가 아닙니다. 이 자연계에서 유일했던 선생의 정체와 선생의 의지를 경외하는 의미입니다. 자식을 향한 어미의 기도는 내세에서도 끝이 없듯이 죽음으로 선생의 의지가 길을 잃을 것이라 상상하지 않습니다.

나를 살린 팔 할이 나의 의지였듯이 나는 절망적인 순간마다 대척점에 희망 대신 의지를 놓았습니다. 이 시간, 우주의 시원을 찾고 있는 제임스웹은 인간의 지혜와 우주로 향한 인간 의지의 결정입니다. "AI 시대는 빅 데이터가 생명이다" 라는 선생의 통찰은 과학을 초월한 서사입니다. 선생께서 제창한 생명자본주의의 꽃입니다. 우주에서도 길을 잃지 말아야 할 인문의 절정, 〈이어령하다〉의 절정입니다.

AI는 인간의 자식입니다. 신인류입니다. 생명하는 AI는 인간 영혼의 대척점에서 큰 화두가 되어 있습니다.

이 땅, 자연계에서 선생은 식의 화산이 폭발하듯 날마다 열반하고, 날마다 부활했습니다. 날마다 혁명하고 날마다 창조했습니다.
그것이 선생의 정체입니다. 그것이 선생의 실존입니다.
위대했던 사람, 이어령 선생을 축복합니다.

선생께 묻습니다.
"실존이 무엇입니까?"
"실존은 어디에 있습니까?"

2022년 7월 3일
김아타

이어령 선생과의 마지막 대화

이어령 하다

사진·글 | 김아타

초판 1쇄 발행일 | 2022년 7월 28일

펴낸이 | 신난향
편집위원 | 박영배
펴낸곳 | (주)맥스교육(맥스미디어)
출판등록 | 2011년 8월 17일(제2022-000038호)
주소 | 경기도 성남시 분당구 정자일로156번길 12, 1503호(정자동, 타임브릿지)
대표전화 | 02-589-5133 팩스 | 02-589-5088
홈페이지 | www.maxedu.co.kr

기획·편집 | 김소연, 김진호
디자인 | 이지안
영업·마케팅 | 백민열
경영지원 | 장주열

ISBN 979-11-5571-909-1 (03810)